COLLECTION FOLIO

Anne Delaflotte Mehdevi

Le livre des heures

Gallimard

Anne Delaflotte Mehdevi est née à Auxerre en 1967. Après des études de sciences politiques et droit international, elle s'installe à Prague où elle apprend et exerce le métier de relieur, parallèlement à son travail d'écrivain. Ses romans sont traduits en plusieurs langues.

À Delphine,
que l'on continue longtemps de nous confondre.

Un grand merci à Véronique et Laurent,
à Henri, pour leurs relectures et soutien.

Ce roman a été partiellement écrit dans le cadre d'une résidence à la villa Marguerite-Yourcenar.

Que veux-tu de plus ?

« Marguerite, sois raisonnable, vois les bons auspices qui accueillent ta jeune vie. Le royaume de France est réparé, le commerce reprend, Paris est en paix. On sort dans la rue chaussé de bon cuir, vêtu de bonnes couleurs. Que veux-tu de plus ?

— Peindre. Pourtrayer et figurer moultes hystoyres, répond l'enfant à son grand-père.

— Fichue fille, que n'es-tu née garçon. Va filer la laine ou ourler les draps au coin du feu avec ta mère ! »

Marguerite vit à Paris sur le pont Notre-Dame, elle y est née, en 1468. Sur cet axe primordial du *cardo maximus*, un pont existait déjà au temps de Lutèce. Au temps de Marguerite, il est en bois, bordé de maisons qui s'élèvent haut en étages. Leur harmonie, la richesse des boutiques qui s'y succèdent émerveillent les chroniqueurs et les voyageurs de l'époque. On n'est pas n'importe qui quand on vit sur ce pont. On est des gens du livre, des libraires, des enlumineurs, parmi les plus en vue de la profession.

Au fronton d'une des premières maisons côté amont, près de la rive droite, l'enseigne, une étoile d'or sur fond bleu, bat au vent plus haut que les autres. C'est là que vit Marguerite. Fière, elle l'est, pas tant de vivre sur ce pont que de l'éclat de la renommée de l'atelier d'enluminure familial qui brille jusqu'en Flandres, et même aussi loin que Florence où le grand-père de la jeune fille a séjourné au temps de sa jeunesse.

Au rez-de-chaussée, l'atelier s'ouvre sur un large espace traversant divisé par un comptoir hérissé de pupitres. Côté pont, on reçoit les clients, c'est la boutique proprement dite. Côté Seine, peintres et copistes s'appliquent à leurs lutrins.

À l'étage se trouve la grande salle commune où la famille se tient d'habitude. C'est là que sont également reçus les clients prestigieux.

L'étage au-dessus est consacré aux broyeurs, on y prépare les pigments, les liants, les laques et les couleurs.

Sous les combles, aménagés côté Seine de lucarnes, la famille dort.

Les combles sont aveugles côté pont.

De son lit, le fleuve est donc l'unique vis-à-vis de Marguerite. Selon la couleur du ciel, selon le vent, le temps, il est gros, calme, jaune, vert, gris, noir, toujours changeant, autant qu'inévitable. Alors quand Marguerite marche sur le pont Notre-Dame entre les deux rangées de maisons qui se touchent, se serrent et se tiennent, elle cherche dans le tableau de la rue, c'est un jeu, trouble, un signe de la permanence du fleuve-roi qui roule sous ses pieds. Elle guette la silhouette d'un pêcheur, le moment où elle surprendra un point de vue sur la Seine saisi au hasard d'une porte, d'une fenêtre ouvertes en enfilade. Car du pont, invisibles les barges amarrées aux piliers où tournent les roues des moulins, étouffé le chahut qui anime les flots juste en dessous. À croire que ces deux mondes n'ont rien à voir l'un avec l'autre, à croire que le pont a même été précisément conçu pour cela, faire comme si le fleuve n'existait pas.

La toute petite enfance de Marguerite est marquée par cette chanson, qu'on lui serine souvent, « que n'es-tu née garçon », et une manie, celle de fausser compagnie à sa mère, qui n'a d'yeux que pour Jacquot, le jumeau de Marguerite, assis au coin du feu comme une pierre. Au coin du feu, où il n'y a pas moyen que sa sœur reste tranquille.

Le petit garçon ne parle pas. C'est le mal de Saint-Jean, ces crises répétées qui en sont la cause. Marguerite ne se rappelle pas la première fois, la première crise. Pourtant elle devait être là, puisqu'ils dorment dans le même lit, qu'ils passent leurs journées ensemble.

Parfois elle la sent venir cette crise, elle a le temps d'isoler son frère. Elle prend soin de lui pendant qu'il est tout raide et écumant, le garde dans ses bras jusqu'à ce qu'il revienne à lui. Quand elle voit dans ses yeux qu'il la reconnaît, c'est qu'il est revenu. Rassurée sur le compte de

Jacquot, autant qu'elle peut l'être, elle dépose à ses pieds près de la cheminée où il se tient, une cuvette d'étain, y verse de l'eau, lui apporte son jeu de pots de terre à bec dont le plus petit n'est pas plus grand qu'un dé. C'est son plaisir. Il passe des heures, bonnes, à remplir, vider, transvaser l'eau de haut, en filets serrés et vifs comme une corde. Pas une éclaboussure. Il est content, alors Marguerite guette le moment où sa mère a le dos tourné et s'éclipse…

La mère ne perd pas son temps à chercher la petite fille dans la rue ou à se pencher à la fenêtre pour voir si elle n'est pas tombée dans le fleuve. Elle sait trop bien où elle la trouvera. Elle a encore dû se faufiler dans l'atelier où besognent les broyeurs. Comme la mouche va au miel, irrésistiblement Marguerite est attirée vers cette pièce où sont pulvérisées les pierres à grand bruit et *moultes grissements*, où les grosses mains des hommes savent aussi être légères, délicates quand il faut piler le safran.

Il y a des enfants qui tout petits ont le goût du mouvement, d'autres du chant, elle est née avec le désir de représenter le monde. Depuis aussi loin qu'elle se souvient, ce désir hante ses mains comme la couleur ses yeux. Or c'est ici, dans cette salle, que tout commence.

Ce goût qu'elle a très tôt, de vouloir prendre modèle sur les hommes de la maison, notamment le père et l'aïeul, est incompatible avec la volonté de sa mère de la garder au logis à filer, ou à d'autres tâches comme font les petites femmes.

Mais pourquoi sa mère la veut-elle près d'elle, quand rien que poser ses yeux sur l'enfant l'exaspère ? Marguerite est là à filer la laine sagement, promptement, comme elle le lui a commandé, et voilà qu'elle se plaint de ce qu'elle grandit plus vite que Jacquot. Mais qu'est-ce que Marguerite peut bien y faire ?

La mère dit que les filles grandissent plus vite que les garçons, c'est bien connu, qu'elles poussent comme les mauvaises herbes. Dont acte, Marguerite monte en graine, droit vers la lumière.

La salle des broyeurs, au sol recouvert de simples carreaux de terre cuite, aux murs blancs barrés de poutres noires, tient tout l'étage là-haut. Deux fenêtres donnent sur le fleuve, une sur le pont. Que ces fenêtres soient ouvertes ou non, dépendant de ce qu'on y broie, une vague de sueur, de sons rythmés, circulaires ou tranchants, sourds ou éclatants, vous cueillera au passage du seuil. C'est ce choc d'odeur, de sons et de couleur que Marguerite vient chercher ici tous sens ouverts.

La mère ne s'est pas trompée, la petite est encore arrivée là. Elle est accroupie à l'entrée comme c'est sa manie, dos au mur, ses bras enserrant ses genoux. « Vas-tu laisser les hommes travailler ! Retourne auprès de ton frère ! »

Les médecins et le parrain de Marguerite, apothicaire, entourent Jacquot de tous les soins imaginables. Onguents, massages, saignées, diètes. Rien n'y fait. Les crises restent fréquentes. La mère prie. Elle s'impose, par vagues, des cures de prières sévères où elle se relève la nuit. Les prières n'y font rien. Elle prend contact avec un chirurgien. Il est savant, dit-elle, au point d'extraire du cerveau de son fils la pierre de folie. Fait extraordinaire, le père, empêtré d'habitude entre l'autorité de son géniteur et les humeurs de son épouse, dit « non », un non si vert que la mère recule. L'aïeul, le parrain poussent l'avantage, remportent l'assaut. Elle est dissuadée d'engager l'affaire, n'en parlera plus.

Jacquot aura bientôt sept ans quand, en dernier recours, la mère décide de partir en pèlerinage seule avec lui en Italie, près de Rome, à Terni. Elle dit que là-bas saint Valentin entend mieux les prières. Il l'entendra, éloignera le mal de son fils. Ils seront partis « longtemps ». Longtemps comment ? Marguerite doit se débrouiller avec ça.

Le jour du départ, il faut trois adultes pour séparer les enfants. Sans crier, sans gémir, pires que siamois, ils restent agrippés l'un à l'autre, front contre front, yeux fermés, comme autrefois.

Tout le temps où son frère et sa mère sont absents, Marguerite passe ses journées à l'entrée de la salle des broyeurs, accroupie, dos au mur. Au matin, la petite s'habille et court rejoindre sa place. Un ouvrier lui lance une pomme. Elle la mange en souriant aux hommes. Ils rient, elle est si concentrée à les observer qu'elle n'entend pas les questions qu'ils lui font.

Marguerite se réveille au sortir d'un songe la tête sur un paletot, le corps recouvert de la fourrure de mouton bouclé de son père, et se rassoit. Elle se repaît jusqu'au soir de tout voir en blanc, rouge, bleu ou noir.

Son père vient la chercher. Il est l'heure de souper.

Cette nuit, il la gardera près de lui dans le grand lit, sinon elle pleure.

Deux mois passent. La mère et Jacquot reviennent.

Le petit garçon est bien plus nerveux qu'avant le pèlerinage.

La mère garde la chambre pendant trois jours, n'y est pour personne.

Quand elle en sort, elle a comme fait le deuil de son fils. Jacquot n'est plus Jacquot mais un autre. Elle n'est pas devenue méchante avec lui, mais indifférente. Elle qui l'a tant couvé le laisse désormais aller à ce qu'il peut ou veut. Il aime Marguerite ? Qu'il aime Marguerite. Sauf qu'elle ordonne qu'ils ne dorment plus ensemble. Ils ont passé l'âge. Le petit garçon dormira désormais avec les apprentis dans la salle des broyeurs. C'est là que, le soir, ils étendent leurs paillasses.

Les maisons des petites gens sont couleur de bois, de pierre, de boue, de chaume, leurs mobiliers de terre cuite, d'étain, leurs habits d'étoffe non teinte ou si peu. Le Moyen Âge est friand de couleur vive autant que d'épice. La couleur est l'apanage de la nature, de nature divine, des Hommes qui en ont extrait les secrets et de ceux qui peuvent se les payer. Plus elle est vive, saturée, plus elle est enviable, enviée. Elle est la marque du puissant, de la cathédrale, du jour de fête et de procession avec ses étendards. L'absence de couleur est signe de pauvreté, d'insignifiance, d'inexistence, de mort. La couleur n'est pas l'extraordinaire de Marguerite, elle est l'air qu'elle respire pour tenir.

De tous les coins des terres connues, les pigments trouvent leur chemin jusqu'à la boutique du parrain de Marguerite, neveu de l'aïeul, l'apothicaire. Il tient boutique sur le Petit-Pont, dans l'axe du *cardo maximus*, rive gauche. Plein sud. C'est vers l'apothicairerie du Petit-Pont, raconte et dessine Marguerite à Jacquot, couché sur sa paillasse, que convergent des processions de peintres et d'enlumineurs, comme convergent vers le point d'eau, poussés par la même nécessité, les zèbres, les gazelles et les grands éléphants juste avant la tombée de la nuit. Jacquot veut une autre histoire, un autre dessin, encore une, encore un, de couleurs et d'animaux fabuleux, avant qu'elle parte.

Marguerite dort juste au-dessus, exactement au-dessus de là où Jacquot étend son matelas, à l'angle de la pièce. Par un trou pratiqué dans le plancher à côté de son lit et le truchement d'une cordelette de cuir, elle fait passer à son frère des dessins. Lui, attache à la cordelette des petits riens qu'il trouve, un éclat de sarment de vigne calciné, de malachite, qu'il lui offre. Si, dans la nuit, il sent une crise venir, il tire sur la cordelette que Marguerite a nouée à son doigt.

Elle descend le retrouver dans le noir. Elle n'a pas peur.

Dans la nuit et le noir, il est devant, elle court vers lui.

En plein jour, dans la rue, c'est Jacquot qui se tient un pas derrière elle, content qu'elle marche devant lui.

Quand on le regarde, il désigne sa sœur, l'air de dire « Non, pas moi, regardez-la elle. » Il ne veut pas prendre sa place. Il a besoin d'elle, là où elle est. Il est un fils avorté, un petit mâle malade, elle est fille, droite. Une cordelette de cuir les unit, et leurs sorts emmêlés.

Marguerite a faussé compagnie à sa mère, elle court dans l'escalier à vis, pénètre dans la salle des broyeurs. Là, tandis qu'elle l'entend déjà monter et gronder à sa suite, elle se fige, a comme une *commocion* de voir, posé sur la plaque de porphyre noire, gros comme une noix de blanc de céruse.

Et cet autre jour, quand un peintre fait pour la première fois danser devant ses yeux dans la lumière une fiole remplie de pigments de lapis-lazuli.

Elle n'a pas besoin pour s'émouvoir qu'une couleur soit issue d'une pierre précieuse. Le bleu tiré d'une décoction de bleuets l'attendrit.

Comment faire tenir le monde entier dans le paysage d'un tableau ?

Petite, elle observe les scènes peintes par son père, son grand-père, son œil imagine l'au-delà de la scène. Même une fresque, qui contiendrait le paysage de l'île de la Cité, Paris au-delà et ses environs, le tout capturé depuis le haut des tours de Notre-Dame, même cette fresque-là, grouillante de gens, tous différents, chacun allant à ses affaires, toutes différentes, dirait encore bien peu de la réalité de la vie, encore moins des rêves des hommes sur terre.

Marguerite croit tenir la solution. La couleur. C'est sa lubie, qu'une couleur dise plus du monde qu'un discours, qu'une peinture, même peinte par son aïeul. C'est son idée, une folie. La couleur, un point c'est tout. Dans la lumière de l'instant, le monde entier résolu.

Si de ses souvenirs d'enfant elle ne devait en garder qu'un, ce serait ce jour quand son œil a goûté à la pierre améthyste rouge. De petits ronds en volute, de volute en tourbillon, du bout de la spatule, l'ouvrier mélangeait le rouge hurlant de la pierre au blanc de plomb pur. La couleur, de marbrée se faisait plus tendre, plus rose, plus onctueuse à chaque tour de main. « Mais pourquoi tu pleures ? avait demandé l'ouvrier qui recueillait la crème rose, une beauté, pour l'enfermer dans un pot, hein ? » Comme il raclait maintenant le marbre, Marguerite murmura : « Alors c'est fini ? C'était beau. »

Ses larmes n'avaient pas que le goût du beau, elles goûtaient autre chose de beaucoup moins rose, que la petite ne savait pas encore dire.

Marguerite se dépêche, accomplit la tâche que sa mère lui a commandé de faire, file son lot de laine, et disparaît. Les broyeurs s'amusent de l'ingéniosité de l'enfant, de sa ténacité. Il ne faut pas qu'ils laissent voir qu'ils s'en amusent, car, quand la maîtresse les surprend à se moquer de ses retours répétés et fulminants dans leur atelier, il fait vilain pour eux, et encore plus pour Marguerite, que la mère secoue fort avant de l'envoyer se faire gronder à l'atelier du père.

Être secouée et giflée, c'est le prix à payer, parce qu'au fond, c'est bien cela le but ultime de la petite, être envoyée à l'atelier des peintres.

Là, en fait de la gronder on l'assoit dans un coin et personne n'a plus à s'en plaindre. Elle observe travailler les maîtres que sont son père, enlumineur respecté, et son aïeul, génial celui-là. N'a-t-il pas peint le portrait du roi Louis XI ? Portrait que le roi a offert à un grand serviteur du royaume.

Quand on a parfaitement oublié sa présence, Marguerite se transporte dans le coin de l'atelier où peint son grand-père. Elle aime qu'il feigne de ne pas l'avoir vue. Elle peut l'observer tranquille. Étudier son profil pour le jour où elle le dessinera. Ses cheveux blancs bouclent sous le bonnet de feutre noir plaqué sur son crâne. Le nez est droit, à l'équerre. Les joues plates. Le menton rond, court. Il porte souvent des chausses rousses et une cotte écrue aux manches serrées sous une houppelande sans manches, pour être à son aise pour peindre. Elle est brochée sur sa poitrine d'une étoile d'or. Il dit que quand elle sera grande, si elle est sage, il lui fera faire une broche, la même.

Elle se tient debout derrière lui, à la droite du lutrin. Il peint. Elle l'observe manier le pinceau, poser la couleur, et les mains la démangent.

Parfois, bien qu'ayant feint de ne pas avoir noté qu'elle était là dans son dos, le grand-père parle à sa petite-fille en peignant. De tout autre chose que de peinture. Sa pensée le ramène au temps de son enfance, aux malheurs dont était alors accablé le royaume de France. Marguerite désire autant qu'elle redoute le récit des pillages des bandits bourguignons, armagnacs et anglais. L'aïeul peint en mots la noirceur du monde dans lequel il a grandi, alors même que sous les yeux de Marguerite, tout en parlant, il enlumine le vélin de rouges, verts, or, bleus, enlumine des paysages et des gens, qui enchantent l'enfant.

« Les temps qui t'ont précédée, ma fille, étaient laids. Ceux qui avaient encore de quoi faire les coquets, se pavaner, mettaient leurs habits les plus sombres. Plus de voyages, plus de commerce, plus de récolte. On cachait tout ce qui brillait. On cachait tout ce qui vivait de peur d'attirer la mort, et les gens à demi nus erraient dans les rues. »

Marguerite a peur mais prend tout, les tableaux enluminés qu'il peint, comme ceux, terribles, qu'il évoque. Le plus affreux de ces tableaux, irrésistible, est celui du calvaire de la Pucelle. La petite fille demande à l'aïeul de redire tous les détails qu'il sait sur la manière dont Jeanne a vaincu, été vaincue, et brûlée à Rouen. Elle demande, il répond, ne se fait pas prier, n'épargne à l'enfant aucun détail, et même appuie les plus sordides. Jeanne, étouffée et rôtie, car un corps ne brûle pas. Il conclut immanquablement par : « As-tu bien entendu cette fois ma fille ? Alors va doucement. Et tiens-toi tranquille. »

Ce grand-père, dans l'atelier duquel se pressent les grands seigneurs, quand il ne se rend pas lui-même à la Cour, entend jouir de sa notoriété et de son confort en paix, or avoir chez soi une fille qui regimbe, *est pire que puce dans sa chausse.*

Marguerite a compris. Elle sait bien qu'il faut se tenir tranquille. C'est pour cela qu'elle observe le monde sans trop s'y mêler, qu'elle en aspire par les yeux tout ce qu'il a de beauté, elle y puise des forces, pour mieux se défendre de toutes ses *ordures et boes*.

Comment pourrait-elle ne pas entendre les avertissements du grand-père, de la mère? Comment pourrait-elle ignorer les cloches qui sonnent, qui rappellent à la prière et au Jugement dernier. Comment pourrait-elle ne pas entendre la rumeur qui monte de la place de Grève, du lieu patibulaire où le bourreau remplit son office. Quand les clameurs montent, c'est qu'un membre est arraché, que le corps du pendu tressaute ou que le sang gicle. Elle connaît bien sa couleur. C'est la même qui coule derrière ses paupières scellées.

Les enfants de dix ans ont franc arbitre, pour ce Dieu a mis en eux dès cet âge raison et volonté. Et cette ferme volonté, Marguerite veut la faire connaître. À la veille de son dixième anniversaire, elle présente à son aïeul un premier dessin à la mine d'argent qu'elle a copié d'après une enluminure réalisée par son père. La Vierge et Jésus enfant y chevauchent un âne.

Le vieux maître fronce les sourcils, pèse la chose et finit par lâcher : « Continue. »

Marguerite apprend à dessiner sur une tablette de buis polie, nappée d'un mélange de poudre d'os blanchi au feu. Elle applique cette poudre avec son index, mouillé de salive. La surface à dessiner apprêtée, elle dessine à la pointe d'argent.

S'étant aguerrie sur la tablette de buis, elle s'exerce sur les chutes de parchemin qu'elle glane à l'atelier. Elle peaufine leur ponçage, les nettoie bien, puis les saupoudre de poussière d'os.

Assise par terre dans un coin de la salle des broyeurs au milieu des relents de sueur, elle ombre un dessin au pinceau de poils d'écureuil, creuse les reliefs à l'encre légère, coupée d'eau pure. Elle peint les mollets des broyeurs tels qu'ils lui apparaissent de là où elle est assise. Ces mollets d'hommes font une forêt. Le plateau de la table, le ciel.

Elle avance bien, elle sourit à cette certitude, pas de ruser un peu, notamment avec sa mère, elle sourit d'être en chemin pour tout réconcilier.

La mère serre les livres dans une armoire dont elle garde toujours la clef passée dans la cordelière qu'elle porte à la taille. L'aïeul détient le double de cette clef. Il a dû concéder cette mainmise sur ses affaires et celles de son fils, car ces livres de recettes sur la fabrication des couleurs compilées par Jehan le Bègue ou Barthélémy l'Anglais, sont « leurs affaires », des ouvrages d'études, des outils de travail, que la mère n'aura jamais l'idée de consulter. Pourtant, de guerre lasse, elle en a la clef.

Quand la mère trouve Marguerite à rôder autour de son grand-père qui consulte tel ou tel ouvrage, lui se moquant au fond que la petite essaie de gober une information par-dessus son épaule, elle entre dans une rage ! Elle dispute l'enfant, « Écarte-toi, va, et contente-toi de ton psautier ! », exaspérant l'aïeul qui veut qu'on le laisse travailler ! « Quoi, cela ne vous fait rien d'avoir cette indécente fille à respirer dans votre dos ! Les livres et le latin sont affaires d'hommes et de Dieu ! » s'exaspère la mère avec sa petite clef inutile qui gigote sur ce ventre.

Marguerite use d'un *truq*. Pendant que sa mère la sermonne, soutenant son regard sans arrogance, en pensée, elle part, s'échappe, elle rêve, laisse dire, elle s'imagine vivre à Honfleur, une ville qu'a connue son parrain enfant et qu'il lui a décrite, avec ses maisons hautes au garde-à-vous autour de son petit port... un autre monde, si près de la mer. Si elle pouvait, devait vivre ailleurs que sur le pont Notre-Dame, c'est là-bas qu'elle aimerait vivre, là où la Seine qui passe sous elle à cet instant même se jette dans la mer.

Son parrain, apothicaire, s'étonne que Marguerite veuille avec tant d'insistance qu'il lui décrive la mer. La plupart des gens ne veulent rien en savoir, rien que l'idée d'elle les sidère. C'est un autre monde, qui n'est propre qu'à recevoir les tempêtes, marque du courroux de Dieu, un courroux dont seuls les Hommes, ses créatures, peuvent être la cause. Qui voudrait aller au-devant du châtiment ? Redoutable la mer ? Bien moins que le bûcher de la Pucelle échafaudé de main d'homme.

Elle veut que son parrain lui redise la couleur de l'eau du port quand elle rencontre celle du fleuve, celle du fleuve quand elle rencontre la mer, leurs eaux brunes, vertes, bleues et blanches mêlées sous le ciel comme un miroir. Elle se fait peindre ce tableau bien régulièrement, presque aussi souvent qu'elle se rend à l'apothicairerie.

L'apothicairerie est l'autre maison de Marguerite, s'y rendre son plaisir. Pas seulement à cause des dragées, des éclats de sucre blanc tombés d'un cône de Venise que le parrain glisse dans son aumônière. Tout enfant, elle aime déjà y prêter sa petite main forte, s'asseoir près du feu, touiller dans les chaudrons les racines mises à bouillir, ou bien piler la craie, l'os de seiche, l'alun, tendres. Après qu'on a bien broyé ces matières, la poudre obtenue est mélangée à une décoction de tiges de gaude. Ainsi naît le jaune. Un jaune clair, acide, qui renvoie Marguerite à la couleur du soleil, du citron, à ces tranches de citrons confits gorgés de sucre que son parrain ne manque jamais de lui offrir, et dont elle emporte un lot pour Jacquot.

« Jacquot t'attend je sais, tiens prends aussi cette pierre de vert-montagne. Je te la donne. »

Marguerite met dans sa poche la petite pierre de malachite que son parrain vient de lui offrir.

Quand sa mère la laisse en paix, Marguerite s'assoit à la lumière, prend la pierre dans sa main et lui parle. Elle parle au vert, l'interroge. « D'où tu viens toi ? On dit que tu n'es pas constant, que tu n'en fais qu'à ta tête, que tu sois caché dans la feuille ou le caillou. Moi de fausser compagnie, je n'ai pas le choix, mais toi que crains-tu ? Hors la Cité de Paris, on dit que tu es partout sur les champs et les forêts. Je ne crois pas que tu sois capricieux, je crois que c'est nous, créatures de Dieu, qui ne savons pas y faire avec toi. J'apprendrai quand je serai grande à te dompter, moi. »

Mais sa mère revient, vite elle cache la pierre.

La mère envoie Marguerite à l'école du couvent. Trois semaines plus tard, la petite tombe malade. On la ramène à la maison sur le pont Notre-Dame. Son parrain la veille chaque nuit pendant la première semaine. Elle restera au lit encore tout un mois.

Son père, pour l'occuper le temps de la convalescence, lui apporte de quoi dessiner, et un abécé.

Remise, Marguerite sait lire.

Le père dit à la mère : « Mais pourquoi la renvoyer au couvent alors ? »

La mère répond que sa fille sache lire est bien le cadet de ses soucis, le couvent lui apprendra des choses autrement plus nécessaires, notamment à se soumettre. « Et pourquoi celle-ci y couperait-elle quand sa mère n'y a rien pu faire ? Au couvent. »

Marguerite y retombe malade, toux, petite fièvre certes mais constante, plaques rouges enflammées aux coudes et sur le cou, yeux qui brûlent, mélancolie. Intolérance à l'environnement physique du couvent, à l'humidité des murs ? Intolérance à la vie collective ? Aux nonnes ? L'éloignement d'avec Jacquot ? Marguerite ne sait pas dire. De retour à la maison, le temps de cette convalescence-là, elle apprend à écrire, équipée de son seul abécé et de son psautier. Certaines prières y sont écrites en latin, d'autres en français de Paris. Elle se montre en tout bien sage et obéissante, fait ses prières, se signe large, et récite bien fort pour que sa mère entende, « A Alpha, B Beatus, C Creator, D Deus, E Eternitas… »

Elle ne retournera pas au couvent. La mère se rend. Jacquot rompt avec cette drôle d'habitude qu'il a prise depuis que sa sœur est malade de faire le guet, assis au pied de son lit. Rassuré, il s'allonge sans prévenir et dort. Le père le couvre de la fourrure de mouton bouclé, dit qu'il dormira au pied de sa sœur cette nuit encore.

Marguerite ne grandira pas dans l'intimité des femmes. De femme, elle ne connaîtra longtemps que sa mère. Il se trouve qu'elle n'a pas de petite voisine de son âge, en tout cas pas de son tempérament. C'est pourtant le portrait d'une fille, qui aide chez eux à la cuisine, que Marguerite, à l'âge de douze ans, présente à son grand-père.

L'aïeul l'avait autorisée à utiliser de vieux fonds de couleur quelques jours plus tôt. Il observe longtemps le portrait coloré que lui a remis Marguerite, puis lui demande de le suivre à l'atelier.

Il veut qu'elle dessine sur-le-champ la vue qu'elle a depuis la fenêtre qui donne sur la dernière maison du pont Notre-Dame, de l'autre côté de la rue, là où le ciel s'ouvre.

Elle dessine ce qu'elle voit. Son grand-père est debout derrière elle. Les nuages cachent, dévoilent le soleil, l'aïeul rit, mais Marguerite ne se laisse pas distraire, ni par lui, ni par le soleil. La lumière est capricieuse ? Son dessin le dira.

Son grand-père lui fait apporter quelques fonds de couleur, des pinceaux.

« Va. »

Marguerite a terminé son dessin.

Le maître enlumineur saisit le papier.

Le père de Marguerite, intrigué, les rejoint. L'aïeul, devant son fils et tous les peintres de l'atelier, apprentis, maîtres, brandit l'esquisse du bout du pont, vante ce que la petite jeune fille a accompli avec ces quelques restes de couleurs, dilués ou soutenus comme il faut, vante la hardiesse du dessin, qui est une qualité déroutante chez une femme, non pas de bien dessiner, mais la hardiesse. Il déclare à son fils que leur atelier vivra, qu'il se voit comme un homme dans le désert qui a eu grand-soif, et qui enfin boit.

Jouer la partition du monde

Ce chemin entre le pont Notre-Dame et le Petit-Pont, entre la maison à l'enseigne À L'Étoile d'or et l'apothicairerie, Marguerite le fait depuis qu'elle a sept ans presque tous les jours, pour une course, une autre, pour sa mère ou pour l'atelier. Ce matin d'octobre 1480, lendemain de la Saint-Luc, saint patron des peintres, elle le fait au titre d'apprentie. Devant les broyeurs en rang, son père lui a confié la besace de peau des broyeurs. Elle la porte en bandoulière. C'est son insigne. Elle ne marche pas, elle vole.

À l'apothicairerie, son parrain la reçoit comme on reçoit un envoyé de l'atelier À L'Étoile d'or. Pour marquer l'occasion il a mis son *mantel* violet et ses chausses brunes. Le crâne moulé dans le bonnet de feutre roux qui encadre son visage, il salue avec solennité Marguerite qui s'avance de l'autre côté du comptoir. Il lit la liste qu'elle vient de lui tendre. Ils sont là face à face, formels.

Le parrain feint de ne pas noter que les joues de Marguerite sont empourprées de fierté, et de gêne aussi. Elle comprend qu'elle n'aura pas de fruit confit aujourd'hui. Tant pis. Mais pour Jacquot peut-être, un petit ?

Pendant qu'il lit, elle regarde, ne se lassera jamais de ce paysage d'étagères portant *moultes bouestes tant grandes que petites*, des pots d'étain pleins d'onguents parfumés, des faïences contenant les dragées, et ces fameux fruits confits dont on raffole. Chacune de ces *bouestes* et toutes ensemble jouent la partition du monde, chantent aux anges comme les enfants du chœur de Notre-Dame sur le jubé. Ici le monde se défait, en gros et en détail, tous les genres y sont représentés, animal, végétal, minéral, sous toutes les formes, solides, liquides, un monde que les peintres de l'atelier de L'Étoile d'or recomposeront en images. La nécessité lie ces deux pôles que sont l'atelier et l'apothicairerie. Il revient à Marguerite de combler la distance qui les sépare aussi.

Son parrain lui demande de choisir entre deux ocres, deux terres, elle tranche. Pendant qu'un de ses apprentis va lui chercher son lot de safran, deux petits bourgeois viennent acheter des dragées et des fruits confits, puis un homme arrive, qui parle fort d'un mal auquel personne n'entend rien, lui-même n'a pas l'air de savoir où il niche. Là-bas, s'avance une femme qui peut à peine articuler tant elle est accablée par la douleur. Le parrain la fera accompagner à l'Hôtel-Dieu.

Comme le jeune apprenti tarde, que le parrain a un instant, Marguerite qui pense malachite verte, safran, cinabre d'Espagne, demande :

« Avez-vous reçu des nouvelles de cet ami que vous aviez autrefois, qui vous écrivait de Grenade ? » Et cette fin de phrase, Marguerite la chuchote.

Bas, le parrain répond : « Non, et j'ai perdu tout espoir de pouvoir correspondre avec lui.

— Montrez-moi encore, parrain, ce dessin qu'il vous a offert de son jardin, s'il vous plaît. Il y a un vert et un rouge que je voudrais revoir. »

Le parrain veut bien. Ils montent tous deux à l'étage.

« De Maures en Espagne, dit le parrain, en tendant le dessin à sa filleule, il n'y en aura bientôt plus. Dieu a permis que Constantinople nous soit pris mais là-bas, en Espagne, il est à nos côtés. »

Marguerite est en extase.

« On dirait le paradis. Ici, nous, des jardins comme ceux-là, nous les rêvons, en parons nos livres, mais lui vous écrit dans sa lettre, n'est-ce pas, qu'il a représenté son jardin tel qu'il est en vérité ?

— Oui, c'est ce qu'il écrit. »

À la fenêtre qui donne sur le fleuve, Marguerite s'émerveille devant le dessin. L'eau rigole le long de canaux qu'on dirait de marbre, le jardin est tapissé de buis d'un vert laqué, orné d'orangers, de grenadiers aux pommes rouges rangés comme à la parade…

« N'est-ce pas étonnant, parrain, que le jardin d'un Maure ressemble à la représentation du paradis qu'en ont les chrétiens ?

— Moins fort ma fille… Ce jardin sera chrétien bientôt, reprend le parrain, j'en serais content si mon ami n'y voyait pas son malheur, l'exil peut-être… »

Le parrain n'avait jamais rencontré ce médecin maure de Grenade. Ils avaient été mis en relation encore étudiants par un professeur de l'université de Montpellier, au temps où ces liens pouvaient encore se nouer. Les deux jeunes hommes avaient partagé leurs expériences au fil des années, leurs interrogations, envoyant à celui des deux qui en était privé dans son pays certains spécimens de plantes. Une amitié solide était née, reposant sur leurs seuls échanges épistolaires.

« Alors vous n'aurez plus de nouvelles ?

— Je le crains, il n'y a jamais eu de pire moment pour être ami entre Maure et chrétien. Parlons plutôt de Honfleur, de ces paysages d'eau, viens… »

L'apprenti remet son lot de safran à Marguerite. Ce safran servira aux peintres autant qu'à la cuisine. Les épices entrent dans la préparation de tous les plats, soupes, tourtes, viandes, de tous les breuvages. Le parrain a acheté sur les marchés, sur les foires de Paris ou de Troyes, poivre, cumin, cannelle, myrrhe, et ce safran. Des épices ? Tout le monde en veut, tout le monde en a, selon sa bourse. Plus le goût est fort, plus leurs vertus sont sûres. Car on croit en leurs vertus. Et même on tient pour une règle générale que plus le goût est fort, que plus le prix est cher, plus les vertus sont sûres. Le parrain pourrait donc vendre beaucoup plus cher ce « vin d'Hippocrate » dont il a le secret et après lequel court tout Paris. C'est un vin de Beaune sucré comme il faut, et épicé « à se damner ». « Ne dis pas ça, petite, tu voyages trop vite d'enfer en paradis », souffle le parrain fâché.

La besace est pleine, lourde, Marguerite l'entoure de ses deux mains, la porte sur son ventre pour soulager son dos. Son parrain l'accompagne sur le seuil de la boutique ouverte sur le pont. Là-bas, un jeune homme court dans leur direction, il s'approche du parrain, lui parle tout bas. Il le supplie de trouver un remède pour son épouse en couches que la fièvre a prise. Le parrain regarde Marguerite, sait qu'elle a entendu ce que les petites jeunes filles surtout ne devraient pas entendre.

« Va, à demain, travaille bien. Suivez-moi, Monsieur. »

L'Homme souffre et espère, les deux à proportion. « Que le savant sache bien ! s'exhorte le parrain, et sinon que Dieu ait pitié de nous. »

Marguerite a, de guerre lasse, art qu'elle tient de sa mère, obtenu de ne plus dormir dans la chambre de ses parents. Elle dormira dans un réduit contigu, pourvu d'une petite fenêtre qui donne sur le fleuve. Dans le cadre qu'elle offre, selon l'angle que Marguerite choisit soigneusement, un nouveau tableau apparaît. Le spectacle du fleuve vaut cent fois celui du pont où les gens se pressent, se cognent, où la confusion est profonde.

Sur le fleuve, presque aussi populeux que les rues de l'île de la Cité, la confusion n'est qu'apparente, chacun connaît sa partition, il y a ceux qui le descendent, ceux qui le remontent, les passeurs qui le coupent, transportant leurs clients d'une rive à l'autre. Les lavandières battent au loin le linge depuis leurs barges. Des hommes s'affairent à sortir des eaux le bois flotté depuis le Morvan, d'autres désencombrent le fleuve des bois morts.

Art de l'évitement. Observer ce tableau changeant est sa récréation. Marguerite n'a pas le loisir de s'y abandonner aussi souvent qu'elle voudrait. Elle est apprentie, travaille beaucoup, toute jeune qu'elle est. Elle veut qu'on ne lui épargne aucune tâche sous prétexte qu'elle serait fille en soi, fille et petite-fille de maître. On lui a fait une place, elle la prend, absolument.

Elle aime son petit placard. Difficile de se soustraire autrement à la vue des gens dans cette maison qui grouille de monde. Difficile de s'abstraire. Les libraires viennent passer commande pour leurs propres clients, de grands personnages s'enquièrent de leur livre d'heures en cours de fabrication, et restent là pour se désennuyer. Parmi eux, par exemple, la dame du prévôt, qui se donne des airs de reine de Paris, et qui prétend pénétrer dans le seul havre de paix de la maison, là où sont installés les lutrins à la bonne lumière du fleuve, là où ne pénètrent que les peintres, de l'autre côté du comptoir qui délimite l'espace entre l'atelier et… le reste. Elle *empige* avec ses robes à traîne, ses voiles qui risquent à tout moment de se prendre dans les pots et les pinceaux. Quel soulagement quand la vaniteuse quitte la place et que chacun peut retourner à son ouvrage, recueilli en soi.

Marguerite peut jouir le dimanche d'un peu de temps libre avant d'aller à la grand-messe.

Ou à confesse. Où sa mère veut qu'elle aille. Et ce plus des trois fois l'année requises par le prêtre. Marguerite se soumet. Devant l'homme d'Église, à genoux, elle ne sait s'accuser que d'obéir de mauvaise grâce à sa mère. Le prêtre l'engage à développer sur le thème de ses péchés. Elle cherche, cherche encore. Il trouve.

L'adolescente vit au temps de la Renaissance. Le mot est beau à pleurer, comme Marguerite pleurait devant le broyeur qui mêlait le blanc aux pigments d'améthyste rouge. À pleurer, car par une de ces pirouettes pathétiques dont l'humanité a le secret, la Renaissance fera le lit de la Réforme, la Réforme de la Contre-réforme et des guerres de religion, qui parmi toutes les guerres que connaîtra l'Europe seront les pires.

Ceux qui commandent, en cette fin de XVe siècle, à l'atelier de L'Étoile d'or leur livre d'heures « à la carte » prétendent n'en savoir rien encore. Leur caprice de riche leur semble bien innocent. Le livre d'heures ne sert-il pas la religion ?

On veut désormais « Dieu chez soi », en face-à-face, tête-à-tête. On veut prier à discrétion et dans sa langue si possible, loin de la foule des processions, loin des églises où entre Lui et soi s'interposent des armées d'hommes en aube.

Son livre d'heures en main, le bourgeois rentre chez lui content. Il en a pour son argent. Il a payé de quoi prier chez lui tranquille deux heures pleines, deux heures par vingt-quatre heures de chaque jour et chaque nuit de sa vie terrestre. Sage investissement. Que ce livre soit une petite bombe ? Quelle idée.

Chacun participe à l'Histoire qui se joue. Plus ou moins consciemment, par action ou par omission, chacun apporte son petit caillou. En l'occurrence, qui parle de se passer de la petite armée de Dieu, de ses clercs ? Qui parle de provoquer Rome, qui parle d'hérésie ? La damoiselle veut juste un livre de prières « personnalisé ». Quant à Monsieur, il préfère fréquenter les messes privées, qui font fureur dans les petites chapelles qui bourgeonnent autour du chœur des cathédrales, plutôt que la grand-messe du dimanche. Où est le mal ?

Marguerite ne tranche pas entre messe privée ou messe en troupeau, mais souscrit, et en cela est bien fille de son temps, à l'idée que si Dieu a fait l'Homme à son image, alors avoir foi en Dieu, c'est avoir foi en l'Homme. Pourquoi, dès lors, ne pas se fier à ce goût de chercher et de comprendre qui l'a toujours animée, comme il animait déjà Ève sous le pommier ? Elle se pose la question mais ne la pose pas à son confesseur. Innocente, innocente à demi. « Marguerite, Marguerite, va doucement et tiens-toi tranquille », disait l'aïeul…

Marguerite est assise sur le banc près de son grand-père, le dos au feu. Le vieil homme traduit pour elle ce fameux *Libro dell'arte*, de Cennini, qu'il a rapporté de ses voyages en Italie. Ils s'installent régulièrement ainsi à feuilleter ce livre, si bien qu'à force Marguerite sait le toscan. La mère fait du bruit, ouvre la fenêtre, tire les chaises, dérange, perturbe autant qu'elle peut ce duo grand-père – petite-fille, unis, assis à table comme au banquet.

Elle n'a accepté que par force, sans l'accepter au fond, que Marguerite ait gagné, soit devenue apprentie par l'évidence de son talent, un talent qui la distingue, la soustrait au lot commun. « Le mariage remettra de l'ordre dans tout ça », promet la mère avant de quitter la pièce en claquant la porte.

En dehors de ces expéditions quasi quotidiennes à l'apothicairerie, Marguerite sera envoyée chez le libraire pour défaire un nœud : si l'atelier est le plus souvent chargé de réaliser un ouvrage de bout en bout, il arrive que l'on y apporte un livre dans lequel, le copiste ayant rempli son office, le libraire a semé des indications à l'attention des peintres de l'atelier. Ils devront représenter ici telle bête, telle scène. Quand, alors que le travail est en cours, apparaît qu'une indication écrite pose problème concernant tel dessin, telle mention de coloris, Marguerite est envoyée à la boutique du libraire se faire préciser la chose. L'enluminure du manuscrit terminée, c'est elle qui gratte, efface ces indications après lesquelles elle aura tant couru.

Telle couleur ronge le parchemin, comment faire pour l'adoucir ? Y a-t-il un moyen ? Si l'aïeul n'a pas lui-même exploré la chose, ni lu à ce sujet dans tel traité portant sur « la manière de préparer les pigments et d'en forcer dehors la couleur », il lui conseille de demander à son parrain, et de s'enquérir par la même occasion de telle commande de lapis, d'améthyste ou de safran.

Si le père et le grand-père l'envoient elle plutôt qu'un autre apprenti, c'est qu'à treize ans déjà, elle est fiable, elle sait choisir, refuser, commander par anticipation telle pierre, telle peau pour tel ouvrage auquel l'atelier travaille.

Faire les courses, c'est aussi le moyen de se soustraire aux plaintes de la mère, c'est un répit, offert, au-delà de Marguerite, à toute la maisonnée.

« Marguerite ! Marguerite !

— Marguerite a dû courir chez le libraire ! »

Pauvre mère, qui n'a rien trouvé de mieux que de baptiser sa fille du nom de Marguerite, de la vouer à cette sainte patronne, protectrice des femmes enceintes.

Elle avait beaucoup prié autrefois pour que la sainte accède à son vœu, prié qu'elle lui fasse la grâce d'être à nouveau grosse, d'un seul enfant cette fois, et d'un vrai, d'un garçon, sain de corps et d'esprit.

La mère croit au fond que si elle n'a pas été exaucée, c'est à cause d'elle, sa fille qui aurait mis « de la mauvaise grâce » à porter le nom de sa patronne. C'est sa faute. Puisque cela ne peut être du fait de la sainte que la mère implore et prie chaque jour de sa vie fertile. Mieux. Pire. Elle suspecte sa fille d'être pour quelque chose dans la maladie de Jacquot.

« Mais comment, mère ?!

— Je ne sais pas moi ! Mais qu'il ne puisse te remplacer t'arrange si bien, qu'il soit malade t'arrange si bien, que j'y verrais presque là-dessous la main du Malin ! »

L'aïeul s'écrie :

« Mon fils ! Feras-tu taire ton épouse ! Elle finira au mieux par nous attirer des ennuis, au pire par mener sa fille sur le bûcher avec ses âneries ! »

En ce temps-là, le religieux imprègne tous les domaines de la vie, commande au corps, aux pensées, dit la loi. Si l'homme l'oublie, les cloches qui ponctuent le temps terrestre au clocher des églises le lui rappellent. C'est l'heure de la prière, c'est jour chômé, ouvré, c'est dimanche, c'est Carême, c'est Noël. Posséder alors un livre d'heures n'est pas une option. Le noble, le grand bourgeois, le petit bourgeois, le tout petit bourgeois, le tout petit petit, tout le monde veut le sien.

Si on en avait les moyens, le livre d'heures était « haute couture », le fait d'une commande spéciale auprès d'un atelier d'enluminure prestigieux. Sinon, il était « prêt-à-porter », acheté tout fait chez le libraire qui en vend des formules basiques, relié ou non, enluminé un peu, pas du tout.

Pourvu d'une de ces copies à petit prix, l'acheteur se rendra peut-être chez l'enlumineur-historieur, lui demandera combien coûte tel ornement, telle histoire en images coloriées qu'il aimerait bien y voir figurer. Plus les images, plus les lettrines seront ornées, enluminées d'or, de lapis-lazuli, plus il y aura de prestige à le posséder. La bourgeoise qui a commandé son précieux livre veut que sur telle image l'enlumineur la représente assise, recueillie à lire au coin du feu, ou à porter la traîne de la Vierge. Elle le désire, aussi fort que nos contemporains brûlent de prendre leur égoportrait, comme disent les Québécois, front contre front, avec leur idole.

Il n'y a pas de raison, Marguerite veut le sien, elle veut son livre d'heures. Elle demande la faveur d'en fabriquer un dans lequel elle ferait le récit de la très sainte Marguerite d'Antioche, sa patronne. L'idée plaît à sa mère, elle y voit le signe que sa fille se range. Son père se rend à l'idée sans difficulté. On lui réservera les vélins présentant quelques défauts et les fonds de couleur. Le grand-père acquiesce aussi au projet. Il sait, lui, qu'elle court moins après la vie de sa sainte patronne qu'après les heures de solitude que la fabrication du livre justifiera, les jours chômés. Bien sûr, elle y écrira la vie de la martyre, songera à ce qu'elle souffrit pour s'être refusée à l'horrible Olibrius, et comment elle trouva le moyen de sortir du ventre d'un dragon à qui on l'avait donnée à manger. Elle écrira tout cela, « gothique », serré, précis.

Dans la foulée du récit de la vie de la sainte, s'impose à elle cette recette de détrempe destinée aux pigments issus d'une résine rouge qu'on nomme sang de dragon. Elle l'écrit. Et conclut par une folie. *Le rouge en est sombre comme le sang des menstrues. De sang en ventres, de ventres en sang, ne sçay plus si sui Marguerite qui s'extirpe du ventre du dragon, ou le dragon mesme.*

Elle pourrait gratter ces derniers mots avec son petit couteau, les effacer du parchemin, mais elle les laisse.

Seule la mère pourrait s'intéresser de près à ce que Marguerite écrit dans ce livre d'heures, seulement elle ne sait pas bien lire. Elle prétend lire son psautier, mais Marguerite sait qu'elle ne fait qu'ânonner, suivre de l'œil vaguement des prières qu'elle connaît par cœur. Sans compter qu'elle ne peut concevoir la liberté de sa fille à écrire autre chose que ces prières sues depuis l'enfance.

De fait, l'audace de Marguerite n'est relevée par personne. Ce qui donne à la demoiselle des idées.

Si, comme il se doit, Marguerite équipera son livre d'heures d'un calendrier liturgique, d'extraits d'évangiles, d'un petit office de la Vierge organisé selon les heures canoniales, elle prendra quelques libertés. D'autres avant elle en ont pris. Il est commun que le propriétaire d'un livre d'heures cherche à rentabiliser sa mise, car le coût en est très élevé. On y inscrira toutes sortes de choses, des recettes locales de tisanes, d'onguents, en passant par les dates des naissances et des morts des membres de la famille. Alors pourquoi pas des pensées, des échappées intimes ? Voilà pour le fond.

Et sur la forme ?

D'austères au XIIe siècle, les livres d'heures vont prendre vie, couleur au fil du temps. Des prières, comme d'une terre, vont en pousser, s'enguirlander de branches, de feuilles, de forêts entières. Au temps de Marguerite la règle est que les lettrines soient ornées de motifs végétaux et dessinées de couleur rouge ou bleue, qu'elles soient historiées même, ce terme impliquant que le corps de la lettre capitale constitue le cadre d'un dessin, de tout un petit tableau en soi. Marguerite décide de contourner cette règle. Ni bleu, ni rouge, une lettrine ornée au plus simple, noir sur blanc.

Mère bénie entre toutes les mères,
vous avez vu, par le glaive,
la vie mourir de mort.
Une douleur
a transpercé le sein de votre enfant.
La douleur la plus affreuse
a alors transpercé votre âme,
mère de la vie,
ô clémente Mère !

Un aplat de rouge rehaussé de laque écarlate encadrera la prière enserrée dans son petit cartouche au cœur de la page.

Le temps venu, Marguerite pose la couleur rêvée, couche après couche. Le travail terminé, la couleur idéale accouchée, Marguerite s'abîme dans sa contemplation.

La page peinte est une porte percutée par la lumière, une porte ouverte sur le rouge. Elle contemple, jusqu'à se sentir encapsulée dans un coquelicot. Elle se sent, dans ces instants, désincarnée, plus proche de Dieu que lorsqu'elle fait ses prières, plus proche de Dieu que devant son autel.

« Marguerite ! Marguerite !
— Marguerite s'est rendue chez son parrain ! On a besoin de cinabre ! »

Marguerite aperçoit la grande ogive qui encadre la boutique ouverte sur le Petit-Pont. L'apothicaire y officie déjà, pèse épices, cire, confiture, écorce de saule, anis étoilé, prend connaissance des *receptes* des médecins que tel assistant apporte, à moins que ce ne soit le médecin lui-même pour en parler avec lui.

Le parrain a préparé la décoction de ciguë que Marguerite doit aussi rapporter pour l'aïeul. Il souffre de douleurs dans le genou. Il faudra l'appliquer en compresse. Il avertit Marguerite que si un jour elle avait mal, qu'elle ait la tentation d'en user, qu'elle ne le fasse pas sans lui en référer. La ciguë peut être bonne. Mais en excès, elle est poison.

« Parrain, dans la science que j'explore, je suis

plus heureuse que vous. Il n'y a jamais excès de couleur. L'excès de couleur ne signifie rien d'ailleurs, comment pourrait-il y avoir excès de vie ?

— Sois donc heureuse, et viens choisir ton cinabre. »

Ce cinabre d'Espagne, d'une livraison à l'autre, n'est jamais tout à fait le même. D'un voyage à l'autre, il n'est pas extrait de la même veine, la lumière n'y jouera pas pareil. Plus ou moins violet, plus ou moins nervuré, toujours intense. Comme Marguerite voudrait que sa mère varie, la surprenne.

La jeune apprentie choisit ce bloc-là d'un rouge cru. Le parrain le fait broyer, grossièrement.

Elle emporte à l'atelier la pierre rouge concassée dans son baluchon de peau, monte tout droit à la pièce des broyeurs. Pendant que Jacquot dépose sur la pierre de porphyre le cinabre, Marguerite va dire à sa mère qu'elle est rentrée, et fuit avant qu'elle ait eu le temps de trouver un prétexte pour la retenir.

Revenue à l'atelier des broyeurs, elle broie, broie le cinabre qu'elle a mouillé d'eau claire, et tout le temps se berce des mots de Cennini, qui dans son traité de peinture, un siècle plus tôt, écrivait : « Si tu le broyais tous les jours pendant vingt ans, il serait toujours meilleur et plus parfait. »

Que serait l'enlumineur sans les arbres qu'on saigne, sans les os des bêtes qu'on pulvérise, sans les pierres qu'on broie, sans tous ces pigments, ces couleurs qui naissent pêle-mêle comme naissent les hommes, de grand labeur ? Au milieu de ses compagnons, Marguerite sue de sueur chaude, la pierre crisse, de plus en plus grave. La jeune femme prend courage à se représenter les dégradés de rouge qui, selon les liants qu'elle utilisera tout à l'heure, naîtront de cette danse, rythmique, qu'elle fait prendre à tout son corps.

On entend la voix de la mère qui monte de la pièce commune, « Marguerite, Marguerite ! ». Qui ne répond pas. Sa mère ourlera seule les draps de son trousseau si cela lui chante. Marguerite danse là-haut en rythme avec les hommes.

Le *grand hiver* vient bousculer, syncoper les cadences et tout l'apprentissage de Marguerite. Paris est sidéré de froid. Un froid qui dure. La glace est si épaisse que les gens prennent l'habitude de traverser le fleuve à pied. Et le pont ? Déserté.

Le père de Marguerite part en province avec quelques voisins et gens de la corporation acheter du bois pour les besoins de l'atelier et de la maison, car même à prix d'or on ne pourra bientôt plus en trouver à Paris. L'aïeul, les peintres, les apprentis, Marguerite, tous vivent dans la peur en attendant son retour. Le convoi s'est assuré de quelques protections, mais l'expédition est périlleuse. On craint le froid, les loups, les bandits.

La mère se montre très courageuse pendant cette période où le père est absent, maîtresse d'elle-même. Efficace à régler la vie de la maison. Infatigable. Pas une plainte. Un miracle. La mère n'est pas une pierre. Elle se montre même plutôt douce et conciliante avec sa fille dans cette période. Marguerite s'en trouve elle, qui est habituée à s'en garder, *moult esbahie, à n'en sonner mot de voir faire ma mère.*

Enfin le père était rentré. Le premier soulagement passé, la mère, d'admirable, avait renfourché son balai de mégère, repris la litanie de ses récriminations, de ses fatigues, de ses douleurs, était repartie à accabler son époux et sa fille de petits riens. C'est qu'elle se croyait condamnée à n'avoir que cela pour bien, des petits riens.

L'aïeul s'était moqué de son fils, lui avait dit qu'il serait décidément le dernier à jouir des qualités de son épouse.

Le bois est stocké dans l'atelier où on enlumine encore, bien qu'à petit rythme. Pour que les peintres puissent travailler aux commandes les plus pressées, Marguerite se voit confier la mission de veiller à ce que l'encre ne gèle pas, de tenir sur l'âtre une marmite d'eau toujours pleine, toujours chaude, d'en remplir des chaufferettes qu'elle porte et renouvelle sans cesse à son grand-père, à son père, aux copistes, pour qu'ils réchauffent leurs mains, leurs pinceaux et leurs couleurs, qui tout ensemble gèleraient autrement.

Sa mère l'envoie chez son parrain chercher du vin. C'est bien. Le temps de sa course, elle échappera à la *formilliere* à laquelle elle assimile sa maison. Du temps du grand hiver, encore plus de gens y vont et viennent qu'à l'accoutumée. Deux familles d'ouvriers s'y sont installées. Ils seraient morts chez eux sans feu.

Marguerite traverse l'île de part en part. Ce chemin, elle l'a fait mille fois. Elle ne le reconnaît pas. Le froid a tout réglé à son aune, fleuve, pont, linge oublié à une fenêtre, corps d'oiseau gelé. Le monde est un décor. Il n'y a de vif dehors que le paysage sonore, que là encore elle ne reconnaît pas. La froidure de l'air fait claquer, fuser, briller les sons. Marguerite pousse sa brouette. Sur le pavé, le bois craque et crisse sur la pierre. Le bruit est démesuré au point qu'elle rit, sans savoir si c'est de joie pure de la vie qu'elle mène comme au tambour, ou de peur à tant dénoter dans ce paysage, cloué sur la terre comme Christ en croix. Elle trottine pour se réchauffer, se réchauffe encore un peu mieux à l'idée de ce qu'elle va chercher, du vin, que le parrain découpe à la hache, après avoir fendu les tonneaux. On le boira chaud, et bien épicé. Il en faudra beaucoup pour oublier le froid.

Elle est passée devant l'église Saint-Denis-de-la-Chartre, puis devant celle de la Madeleine-en-la-Cité. Le carrefour de la rue Neuve-Notre-Dame est déserté. Elle n'a jamais vu ça. Ce n'est jamais arrivé. La foule se presse toujours ici, les badauds et les fidèles convergent pour aller soit à une messe à la cathédrale, soit aux marchés qui se tiennent sur son parvis, animé, bruissant de vie. Pas aujourd'hui. Quelques silhouettes gauches couvertes de draps de laine ou de fourrures se hâtent là-bas vers la cathédrale où l'on entend chanter, où l'on prie autour des braseros.

Marguerite arrête sa course pour réajuster le capuchon en lapin blanc sur son front brûlant de froid. Ce capuchon et son manteau de peau d'agneau, de jour comme de nuit, elle ne les quitte plus. Malheur à ceux qui n'ont pas de fourrures cet hiver, comme celui-là, dont les gens de la ville ramassent et jettent sur leur charrette le corps raide comme du vieux bois.

La faim pousse les renards, les loups à pénétrer dans les faubourgs. *On les guette, les tue, les mange et s'en vest.* C'est ce qu'ont dû faire la veille les parents de ces deux enfants couverts de peaux de renard trop fraîches, mal ficelées entre elles. C'est ce qu'a dû faire ce vieil homme, agneau sous sa peau de loup, qui surgit en trottinant pitoyablement d'on ne sait où. Il fait peur à Marguerite qui manque l'asseoir sur sa brouette dans la confusion.

Enfin, Marguerite longe le flanc de l'Hôtel-Dieu et aborde le Petit-Pont. Pendant qu'elle se réchauffe d'une tisane au miel, l'apprenti charge le bloc de vingt livres de vin glacé sur la brouette.

Au coin du feu, la tisane bue, elle mord maintenant à petites fois dans la tranche de citron confit jaune soleil que n'a pas manqué de lui offrir l'apothicaire. Elle ne fera pas languir l'apprenti qui attend dehors au froid devant la brouette garnie de son chargement, et qui danse déjà une drôle de gigue pour se réchauffer.

Avant de se mettre en route, pour se donner du courage, elle soulève le drap sur la riche couleur pourpre du vin gelé, nervuré de glace blanche, puis elle passe en bandoulière le sac de jute que son parrain a rempli de cardamome, de cannelle, de girofle, et salue la compagnie. Elle se hâte. On l'attend sur l'autre pont comme le messie.

L'hiver a finalement desserré les dents, la débâcle est venue, l'eau du fleuve libérée court à nouveau sous le pont Notre-Dame où la foule se presse. Mais, si on peut renouer avec quelques habitudes, ce n'est qu'en surface encore.

Le gel a brûlé les vignes tout autour de Paris et au-delà dans le royaume, fendu les arbres qui ne donneront pas de fruits. On a encore de quoi manger jusque-là, mais plus de vin. Comment s'en passer ? Il faut aller en chercher en Espagne. L'Espagne. Encore elle.

Dans son livre d'heures, Marguerite peint au cœur d'un cartouche la silhouette noire de l'homme affublé de peaux de loup mal ficelées qui lui a fait peur l'autre fois, tout autour elle couche un aplat de couleur d'un pourpre sombre. C'est la couleur de ce fameux vin.

Le printemps qui suit est détestable. Il pleut. L'argent manque. Le commerce est chamboulé, les approvisionnements en vélin, en pigments suspendus. Le grand-père est malade. Plus de couleur, plus de dessin. Il faut copier des traités de chasse, des litanies en latin, et copier longtemps. Des heures et des heures. Il faut remplacer le copiste qui est mort dans l'hiver comme tant d'autres gens. Il faut que l'argent rentre.

Dans ces circonstances, l'atelier À L'Étoile d'or accepte de reprendre, corriger, nettoyer des livres. Marguerite préfère ce travail à celui fastidieux de copiste. Elle nettoie, recolore une couleur fanée, gratte des annotations oubliées en marge par des copistes épuisés, exaspérés, transis de froid qui se sont soulagés des tensions qui les tenaillaient à ce moment où ils ont écrit dans un coin : « J'ai très froid », « Dieu merci, il fera nuit bientôt », « Oh ma main », « Parchemin jeune, mauvaise encre, je n'en dirai pas plus », « Maintenant que j'ai tout écrit, pour l'amour du Christ qu'on me donne à boire ! », et enfin, le plus savoureux, « le travail de l'écriture abîme la vue, plie le dos, broie les côtes, dérange l'estomac, brise les reins et perturbe le corps tout entier ». Quel métier. Marguerite trouve bien du réconfort à ces trouvailles. Si elle les efface des ouvrages qu'on lui a confiés, elles ne sont pas perdues pour autant. Elle les recopie dans son livre d'heures, à côté de ses échappées, pour garder toujours pardevers elle ces éclats de vie, un feu, pour de prochains hivers.

L'été qui suit est désespérément pluvieux. À qui travaille avec la lumière, toute cette pluie, quelle plaie. Apprentie, Marguerite n'a paradoxalement que peu le loisir de peindre à son gré désormais. La situation de l'atelier À L'Étoile d'or est bien meilleure qu'au printemps, les commandes de riches livres d'heures affluent à nouveau. Elle ne peut travailler à son livre et ses aplats de couleur que les jours chômés. Mais il pleut. Et de surcroît sa mère veut qu'elle la suive en procession. « Prie, et estime-toi heureuse toi qui manges à ta faim, au lieu de médire de la pluie que t'envoie le ciel. Qui se soucie de tes dessins ? »

Marguerite reconnaît de bonne grâce qu'elle est mieux lotie que beaucoup. Les bourgeois ont encore de quoi manger sur le pont Notre-Dame, mais ce n'est plus le cas de tout le monde. Le ventre de Paris et des campagnes gronde. Pour que les esprits se calment, pour tromper la faim, il faut beaucoup, beaucoup de vin, à des prix abordables, et toujours, toujours retourner en Espagne.

L'Hôtel-Dieu déborde. Les gens meurent de ne pas manger, meurent de le faire après des mois de privation. Le parrain de Marguerite ne peut rien pour eux, et l'admet de bonne grâce, sa science consiste moins à guérir qu'à rétablir les équilibres. Mais quand la balance elle-même est cassée, là…

Marguerite lui dit : « Moi je connais un bon remède, qui marche aussi bien contre la rage de dents, celle que je ressens parfois contre ma mère, le poids qui me pèse au ventre quand vient le temps des menstrues, et jusqu'à la peur que j'ai de voir mourir Jacquot.

— Et quel est-il ce remède miraculeux qui distribue ses vertus dans tant de directions ?

— Oh il tient en un mot. Peindre. »

Aplat de couleur bleu-vert, pâle, opaline glacée, sillonnée d'argent.

L'apothicaire a offert à Marguerite un petit miroir à main de Venise. C'est un miroir de verre, de verre pur, cristallin, et parfaitement poli, sans raies ni ruptures, posé sur une fine couche de mercure et d'étain, *pour qu'aussi je me mire, dans ce mirouer sans macule.* Une rareté, une nouveauté que ce miroir sans tache, qui est ce que l'époque produit de plus parfait. Marguerite s'extasie que l'Homme puisse créer à partir de glaise une substance aussi transparente et pure, si pure qu'on aurait pensé ne pouvoir l'attribuer qu'à Dieu.

Elle se mire et se voit, comme elle voit les visages de ses semblables depuis toujours, quand le sien propre lui restait, dans sa netteté, étranger.

Elle se découvre telle que Dieu l'a faite. Elle ne voit pas de quoi avoir honte.

Elle se place sous un rai de lumière, et miroir en main, consigne *œil clair, grand, bleu, pommettes hautes, nez droit, long. Lèvres pleines. Bouche grande.*

Avoir une grande bouche n'est pas à la mode. La femme pour être exquise et parfaite doit l'avoir petite, parler d'une petite voix, et surtout peu, parler peu.

La dent doit rester d'enfant, et ne pas être carnassière, *Or ai la canine pointue teste mon mirouer, ce dont ris de grand cueur.*

Le teint de Marguerite est blanc et uni, grâce à son parrain peut-être et aux soins qu'il lui prescrit.

Pour le reste, elle se croit gente de corps, vive, les flancs un peu trop larges peut-être, mais la taille fine.

L'escalier à vis qui relie les étages est l'endroit le plus sombre de toute la maison sur le pont, le plus vivant aussi, le plus déroutant, ce qui est un comble. On ne sait pas qui on y croisera, on essaie de le gager au pas. On doit s'y figer à la descente, à la montée, pour laisser passer. Des conversations impromptues s'y engagent, on s'y pousse de l'épaule en serrant les dents quand on est fâché, on y vole un baiser, des caresses.

Il y a de gentils apprentis. Marguerite aimerait bien que l'un d'entre eux ose, la serre dans l'escalier, mais il faut croire que son statut de fille et petite-fille de maître les arrête. Elle pourrait les encourager, minauder, ils ne demanderaient que ça, elle le devine aux regards qu'elle les surprend à poser sur elle parfois. Elle saurait mieux aller tout droit à l'un d'eux, au plus âgé par exemple, celui dont le duvet ombre la lèvre, et lui dire : « Serre-moi, je veux poser ma bouche au creux de ton cou pour voir. » Mais elle craint que le garçon se méprenne sur son compte, qu'il pense mal d'elle, aille raconter qu'elle est vicieuse, quand elle n'est que curieuse, du goût même qu'elle a des hommes.

Elle est sûre de ce penchant général pour les hommes, de ce désir tous azimuts qui couve en elle, autant qu'elle est sûre de détester l'idée de se marier à un homme qu'elle ne désirerait pas en particulier. Ces certitudes sont à rebours de ce qui est admis. Elle aura du souci avec sa mère. Son trousseau est déjà bien avancé. Elle ne rêve plus que de la marier.

Il fait beau, enfin, et c'est jour chômé. Marguerite rend grâce. « Merci Sainte Vierge, merci à notre saint patron Luc, qu'il protège les enlumineurs, façonneurs de lumière à la gloire de notre Seigneur. Merci pour ce jour chômé quand l'atelier est à moi seule. »

Elle dit qu'elle mange sobrement, surtout ces jours-là.

Toujours à l'envers des autres, dit la mère.

C'est pour rester vive, éveillée, concentrée.

Lorsqu'elle dessine, lorsqu'elle peint, elle aime avoir encore faim.

À la volée, Marguerite peint, ombre, fouille les recoins obscurs du visage ou du paysage qu'elle représente, travaille les reliefs, les rehausse de lumières avec du blanc, bien broyé, mélangé à de la gomme arabique.

Son livre d'heures est consacré à ses aplats, à ses recherches de couleur pure.

Quand elle parvient à s'abstraire de la vie de la maisonnée, que sa mère ne la cherche plus, que Jacquot est en paix, si elle n'est pas à l'atelier en ce jour chômé, c'est que Marguerite est dans sa chambre, enfin, dans son réduit.

Dos à la fenêtre, elle joue avec son miroir à main, inscrit son visage sur le fond du tableau du fleuve, défait ses cheveux qui semblent dans le reflet flotter sur l'eau.

À force de s'abandonner à regarder l'eau libre de bateaux en ce jour chômé, elle a le sentiment parfois d'avancer avec le fleuve, d'en être. Elle rêve, vole à quelques mètres au-dessus de l'eau noire piquée d'étoiles, passe sous le pont Notre-Dame, vole vers l'aval, suit le fleuve, les méandres décrits par son parrain, jusqu'à Honfleur, jusqu'à la mer.

Si le fleuve est admirable en soi, Marguerite ne dédaigne pas pour autant d'observer le petit peuple qui l'habite et notamment les mariniers déchargeant leurs cargaisons de vins, grains, bétail au port de Grève ou de Saint-Landry. Elle invente un jeu, qui n'a qu'une règle, parier qu'elle aura le temps d'une pause, de quoi esquisser la silhouette d'un de ces hommes qui s'affairent à fleur d'eau.

Elle trouve, esquisse le garçon, à l'encre, sur des chutes de parchemin. Si le dessin est réussi, elle appelle Jacquot et guide le regard de son frère, du dessin vers l'homme qui y est représenté. Il a vu à qui il doit le remettre.

Elle se cache mais de sa fenêtre sur le pont voit l'effet que produit son dessin sur le jeune homme à qui Jacquot le remet.

Le marinier se reconnaît, met la main en éventail sur son front, détaille les fenêtres des maisons sur le pont où il sait bien que vivent des enlumineurs et des peintres. Il peut bien interroger Jacquot. Jacquot ne parle pas.

Quand elle voit le jeune homme s'étonner, mettre dans sa poche avec mille précautions ou montrer à ses compagnons le dessin qu'on a fait de lui, se réjouir au fond d'être distingué, elle s'écarte de la fenêtre et peut commencer sa journée laborieuse d'apprentie, riche d'un petit mari de fantaisie.

À l'apothicairerie, le parrain de Marguerite vend un onguent qui fait la peau blanche. Les dames font la queue pour en avoir. La jeune fille aimerait bien en avoir aussi. Mais à elle, le parrain refuse d'en vendre.

« Laisse la céruse aux sottes. »

Il tient contre la mode et c'est rageant, que le blanc de céruse qu'il contient ramollit et ride la peau, noircit les dents.

« Si tu dois être aussi folle que les autres, va acheter ton blanc ailleurs. »

Elle le ferait si elle ne craignait pas de le décevoir, elle le ferait malgré les risques, comme une sotte. Elle l'admet. Parce que c'est de la dernière urgence de vouloir être jolie *maintenant*. Elle voit bien qu'elle le devient aux regards que femmes et hommes, jeunes et vieux, posent sur elle. Or l'on n'est jamais assez jolie, assez belle, comme certains ne sont jamais assez riches ou soûls. C'est une tentation, une pente, qu'elle sait gré au fond à son parrain de ne pas lui laisser prendre.

Bien sûr le blanc ne fait pas la beauté, loin de là, mais il y est associé, comme à la pureté. Voir quelque chose ou quelqu'un de beau, engage à vivre. Être frappé par la lumière et sentir que vous faites envie suffirait à vous fonder à être sur terre. Le sentiment est éphémère, mais le temps qu'on le tient en vaut mille autres.

Marguerite se félicite d'être, à peu de frais, née blonde et d'avoir le teint assez blanc. Pour quelqu'un qui aime tant la couleur, toute cette blondeur, cette pâleur, c'est un peu fort, mais beaucoup de temps gagné, car pour être *gent à la mode qui court*, les dames que la nature a mal servies aux dés perdent beaucoup de temps à traiter leurs cheveux à grand renfort d'urine, de safran et de choux. Tout y passe. Elles se damneraient pour être désirables tant qu'il est temps.

Pour la convaincre de résister à la tentation, le parrain concocte à Marguerite des onguents à base d'huile d'amande et d'eau de violette, auxquels il ajoute selon les recettes, qu'elle consigne scrupuleusement dans son livre d'heures, du corail et des amidons de farine bien blanche.

« Si tu es sage, je te donnerai bientôt à essayer une recette de pommade dans laquelle entre une certaine perle d'Orient broyée, beaucoup d'eau de rose et d'amidon de blé. »

Tout de même, Marguerite a du mal à renoncer au blanc que vient d'acheter telle dame. Elle en a l'air très content.

« Mais s'il est si mauvais ce blanc, pourquoi le vendez-vous ?

— Parce que le mien est moins mauvais que celui de mes voisins, parce que je la perdrais comme cliente, et que quand elle serait malade je ne pourrais plus lui faire du bien, parce que je vois au fil du temps l'effet sur ses joues de l'onguent que je lui vends. Je peux l'amender.

— Vous vous servez donc d'elle.

— Elle le sait, le veut bien. Le pire à cette histoire, c'est que quand sa peau sera ruinée, elle blâmera autre chose que la céruse, quelqu'un, peut-être moi, qui ai essayé de la convaincre de ne pas en user. »

Marguerite se lave le visage à l'eau de pluie aussi souvent qu'elle peut, mange bien, sans excès, de tout, ne se fait pas cuire la face au feu de l'âtre, se garde du soleil et des grands froids et se demande pourquoi elle fait tout cela, quand elle s'est mis en tête qu'elle ne mourra pas vieille. Elle brûle comme la braise en dedans. Pragmatique, elle en conclut que la matière sera consumée promptement.

Peindre deux ou trois livres d'heures dont elle serait fière et deux portraits, un de femme, un d'homme, où elle aurait fixé quelque chose de leur essence, et ce serait assez. Elle aurait fait sa part, en aurait assez vu.

Une chose la désolerait, partir avant Jacquot, qui après sa mort serait perdu.

Depuis que Marguerite est apprentie, l'aïeul lui a donné une copie de la clef de l'armoire où sont les livres. Elle les consulte donc, seule, ce qui sous-tend qu'elle sait suffisamment de latin, sans compter le toscan, et qu'elle peut plonger tout son soûl dans le traité des couleurs de Cennini. La mère, dont le double pendouille définitivement pour rien sur son ventre, en est malade, rien qu'à la voir faire. Pour préserver sa mère, pas par crainte d'elle, elle essaie de consulter les livres quand celle-ci n'est pas à la maison. Si elle a une question pressante, mais que sa mère est de telle humeur que Marguerite sait qu'elle n'aura pas la paix, elle se rend à l'atelier et pose directement à son grand-père la question qui la taraude, par exemple, telle couleur tourne, comment faire pour la fixer ?

Un jour où Marguerite est descendue à l'atelier pour avoir sa réponse, parce que sa mère précisément lui gâchait là-haut l'accès aux livres, elle y trouve le sire de Beaujeu, venu saluer l'aïeul, qu'il a su malade. Il est très content d'un ouvrage que l'atelier vient de réaliser pour lui.

Ce n'est pas l'insigne honneur qui leur est fait par cette visite qui émerveille Marguerite, mais que, comme le grand-père s'incline, le prince le relève, s'incline à son tour devant l'aïeul, et le remercie d'avoir fait œuvre de beauté, qui console aussi sûrement que la prière.

D'où me venait telle joie que j'avois à estre tesmoin de cet hommage ? Et d'où vient que la mère, qui a suivi sa fille, la voyant ravie, tient à lui gâcher la fête ? D'où vient qu'elle la menace par-derrière et tout bas de jamais oser prendre une part de cet honneur-là pour elle ?

Marguerite écrira dans son livre d'heures à la suite d'une prière que ces mots lui ont fait tant de mal, qu'elle a quitté l'atelier à la surprise de tous pour s'en aller pleurer seule dans sa chambre *sa belle joie toute en guenille et salie.* À la suite elle écrit : *blanc, blanc de plomb, le seul blanc qui dans la durée garde son éclat, sa pureté. Penser que cette poudre légère, immaculée, pousse sous du fumier, sur des plaquettes de plomb exposées à l'action du vinaigre et enfouies sous du fumier, cette pureté.*

Aplat de couleur constitué de blanc pur, rayé d'un jaune sale taché de noir, comme la robe du léopard.

Le jour de ses seize ans, l'aïeul offre à Marguerite un drap de fine laine bleue. Elle y fera tailler sa première robe de jeune femme. La coupe sera à la dernière mode, décolleté carré, manches ajustées sur l'épaule et tout le long du bras, évasées à partir du coude jusqu'à être très amples au poignet. Elles seront ourlées d'un revers de soie dorée.

Le même jour, son parrain lui offre une cordelière de velours d'un bleu plus soutenu que le drap de laine de la robe, pour laisser pendre à sa taille. Il lui offre aussi une « crespine » pour enfermer ses cheveux, faite du même ruban de velours, à la mode d'Italie.

Le lendemain, elle est promue. Marguerite se voit attribuer un lutrin à l'atelier, de l'autre côté du comptoir. Le père a choisi l'emplacement pour elle. Il est *assez bon*.

Chacun sait, à la voir l'essayer comme si elle le découvrait, le petit manège qu'elle mène ici depuis des années les jours chômés, quand elle dessine et peint seulette, chaçun sait qu'elle a occupé les lutrins tour à tour, pour voir comment celui-là, à telle heure du jour, en telle saison, par tel temps, est exposé à la lumière. Sa joie est grande, mais cette promotion ne veut pas dire que le temps est venu de peindre des licornes et des Vierges en gloire. Pas encore. Marguerite commencera par le commencement, qui est l'art de l'ornement. Elle le maîtrise assez bien déjà, fait comme si elle avait tout à apprendre. Elle le fait de bonne grâce. Et apprend.

C'est son père qui à l'atelier manie le mieux l'or. Il apprête le vélin avant de l'appliquer. L'or posé, c'est à Marguerite d'entrer en scène, d'orner la lettrine, d'appliquer les couleurs au pinceau de martre ou d'écureuil. Elle n'oublie jamais de rappeler le lourd tribut à cette soif de représentation tout humaine que paient les animaux. Soies de cochon, colles faites de leurs peaux, de leurs os.

Marguerite écrit qu'elle aussi donne de sa personne.

N'offre-t-elle pas sa salive au pinceau pour en parfaire la pointe, ou pour huiler, faire briller la couleur dans l'urgence ?

C'est que la salive de l'homme, au même titre que l'œuf ou le miel, est un très bon liant, qui a ceci de beau, qu'il est l'apanage du vivant.

Un mort a la bouche sèche, il n'a plus à se dire ou se peindre.

Ainsi les peintres, copistes, le père et le grand-père, voient-ils Marguerite prendre sa place parmi eux, dessiner, peindre les lettrines, les orner de rinceaux en guirlandes de lierre. Ils voient comme elle a, en travaillant, la manie sans y penser de téter son pinceau. Elle rougit quand ils se moquent d'elle, de ses lèvres et de ses dents teintées en arc-en-ciel.

Une licorne au loin peut s’avancer

« Mère, je n'ai que seize ans. Je ne suis pas une princesse pour me marier si tôt ! » Marguerite doit passer sa robe bleue. Les parents d'un candidat au mariage tout à fait sérieux seront reçus cette fin d'après-midi. La mère le veut.

Jacquot s'est enfui. Marguerite n'a qu'une hâte, aller le chercher, mais elle doit faire bonne figure, être polie. Elle trouve les parents du prétendant odieux. Laid le garçon.

Les intrus partis, Marguerite dit en direction de son père : « Qu'il me touche un cheveu et je meurs », et part chercher Jacquot.

Le père et le grand-père se rangeront à l'avis de la jeune fille, le garçon n'est pas engageant. Et Marguerite est encore si jeune. La mère est folle de rage d'avoir toute sa maison une nouvelle fois contre elle. Comment justifier alors cette vie qu'elle n'a pas choisie, elle, si on ne lui laisse même pas le loisir de l'imposer à sa propre fille. Lui dira-t-on quel est le sens de tout ça ?

Si elle n'est pas princesse, Marguerite n'en est pas moins un enjeu. C'est un argument qu'elle entend. Si les femmes à l'époque sont encore présentes dans quelques ateliers, la maîtrise leur est fermée depuis longtemps. C'est une telle évidence que Marguerite oublie de s'en plaindre. Pourvu qu'elle puisse travailler en paix, tout lui va. Elle sait que l'héritage de son grand-père ne fera que passer par elle, elle sait que pour qu'il vaille, la société veut qu'il s'enracine dans une lignée d'hommes. Pour que l'atelier vive, lui survive, il faut que Marguerite s'associe à un homme de la profession. Cette association porte un nom, le mariage. Oui, elle entend cet argument, beaucoup mieux qu'elle n'accepte la hâte de sa mère à la voir mariée, autrement dit matée, toute enlumineresse qu'elle sera.

« Car au bout du compte, ma fille, tu seras soumise à la volonté de ton mari.

— Mon grand-père et mon père ne m'auront pas formée pour qu'un mari me garde dans une chambre fermée.

— Qu'y pourront-ils, l'affaire conclue ? »

Depuis l'opportunité gâchée de l'autre dimanche, tous les matins, à peine levée, la chanson des bons partis recommence. Marguerite conjure Christine de Pisan qu'elle révère comme une sainte, Jeanne, et même sainte Marguerite, si à elles toutes elles y peuvent quelque chose, de la soutenir dans la promesse qu'elle s'est faite de ne jamais tourner le dos à sa mère. Promesse qui autorise l'esquive. « Oui mère, bien sûr, nous en parlerons tout à l'heure sans faute, maintenant je dois me hâter, aller chez mon parrain faire provision de vert pour l'atelier. »

Dans les enluminures, les bouffons et les amoureux, capricieux par essence, sont souvent habillés de vert. En chemin, roulant entre ses doigts la pierre de malachite que lui avait donnée son parrain autrefois, Marguerite pense : « Vert, vert de montagne, vert-de-gris, aussi difficile à fixer que du jus d'oseille. Pourquoi Diable, Vert, résistes-tu si mal au temps qui passe, à la lumière qui passe ? C'est étrange d'une couleur qui se nourrit de soleil. »

Marguerite est tout émoustillée par la visite à l'atelier d'un joli jeune homme, italien, de noble lignage. D'où la petite cour qui l'entoure et à laquelle il demande d'attendre dans la rue ce matin-là avant de pénétrer dans l'atelier où Marguerite travaille désormais.

Elle peint à son lutrin près d'une fenêtre sur Seine. Là-bas, le jeune homme parle avec son aïeul. Il est décidément plaisant à regarder, et fort savant. Il répond au nom fantastique de Pic, et s'il passe à l'atelier, c'est en messager, pour saluer le grand-père, auquel il doit transmettre le bonjour d'amis communs qu'ils ont en Toscane.

Tout en ornant à son lutrin, Marguerite écoute la conversation, brillante, comme tout ce qui émane de ce jeune seigneur. Elle n'a pas dû faire que l'écouter, mais tomber en arrêt et le contempler, puisqu'il lui demande soudain son avis sur ce qu'il vient d'avancer. Elle dit qu'elle n'a pas d'avis, qu'elle pensait à autre chose. Elle est confuse. Lui, troublé de découvrir les lèvres de la belle toutes teintées de bleu, de rouge et de vert. Il doit se demander quel goût aurait ce baiser.

Elle lui dit : « Monsieur, je n'ai pas de quoi philosopher, en la matière c'est vous le maître. Mais vous me faites rougir malgré moi, et je vous en veux. Ici d'ordinaire c'est moi qui commande aux couleurs. »

Il sourit à ce qu'elle vient de dire et reste quelque temps à la regarder, avant de reprendre la conversation avec l'aïeul, non sans lorgner du côté de Marguerite, qui fait mine de ne pas le noter, mais que ces regards brûlent.

Pic évoque avec l'aïeul, tant en français qu'en italien, une sorte d'histoire de l'humanité à laquelle il voudrait travailler. Il y décrirait les différents chemins qu'ont jusqu'ici empruntés les hommes pour tenter de résoudre le mystère de leur propre nature et condition. Dans ce traité, toute la somme des connaissances humaines serait si bien résumée, réconciliée, que Marguerite en est toute retournée. Ce Pic parviendrait à faire avec les idées ce qu'elle rêve de réaliser par la couleur ? Eh bien cet homme-là par exemple, elle pourrait l'épouser.

Il sort de sa poche un jeu de cartes à jouer imprimées en trois couleurs. Il y a une quinzaine d'années seulement qu'on imprime à Paris. Le père de Marguerite est attiré par l'aventure, mais l'aïeul se fâche dès qu'on en parle. Pic voit d'ailleurs que le vieux maître dédaigne de regarder comme il le mérite son jeu de cartes à la dernière mode. Alors il s'approche de Marguerite, veut lui montrer son jeu à elle.

Il oubliera la reine de cœur au coin de son lutrin.

Quelque temps plus tard, comme elle aborde le Petit-Pont pour se rendre chez son parrain, ils se reconnaissent. Il y a foule autour d'eux, lui est toujours entouré de sa petite cour. Il la regarde tout en continuant sa conversation. Elle lui sourit comme ils se croisent. Ils se retournent l'un sur l'autre. Pic lui fait un signe de la main. Auquel Marguerite répond. Ils ne se reverront plus. Pic quittera bientôt Paris. Ils évaluent chacun pour soi ce à quoi ils renoncent. Cet homme-là, oui, elle aurait pu l'épouser.

Aplat de couleur ocre. L'effet donne celui d'avoir devant soi une brique. La couleur est lourde, la surface comme poreuse.

« Mère, je sais tout cela. J'entends vos raisons.

— Mais tu ne t'y rends pas ! Je viendrai à bout de tes ruses, les tiennes et celles de ton grand-père. Et sinon, ce sera le couvent. Là, au moins, tu pourras peindre tout ton soûl sans manquer à personne. En attendant, fais ta sérieuse, tu ne me trompes pas derrière tes petits airs distants et hautains, tu joues la vertueuse, mais tout ça n'est qu'une manière de rebuter les prétendants. Tu ne perds rien pour attendre va, tu trouveras ton maître ! »

Le père de Marguerite roule des yeux et quitte la pièce en haussant les épaules.

La mère demande à Marguerite de choisir entre trois prétendants. Elle les connaît tous, il y a un enlumineur, veuf, un fils de libraire, jeune mais idiot, et un parcheminier auquel elle veut bien penser.

Dans son livre d'heures, entre deux *Ave*, la jeune femme écrit : « Selon la brillance, la saturation souhaitées, "qui" (sic) choisir ? Le blanc ou le jaune d'œuf, l'un ou l'autre ou les deux ? » La gomme du cerisier ou la colle de bois de cerf ? Voilà les questions qui comptent, écrit Marguerite, qui a bien conscience d'être un peu excentrique, de se tenir « sur le bord du monde ». Pas tant en vérité à l'écart du monde qu'elle embrasse par son art, qu'à l'écart des règles qui régissent les relations des gens entre eux. Marguerite voudrait qu'il en soit de ces règles qui s'imposent à la société comme de celles qui prévalent à l'apothicairerie et à l'atelier des peintres, où on n'exclut pas de chercher longtemps la bonne mesure, où on ne dit jamais du temps qu'on y a passé qu'il est perdu, où on ne blâme pas d'autre que soi pour ne pas avoir atteint son but. Ainsi de cette recette de Jehan le Bègue qu'elle consigne, dont elle dit qu'elle lui aura coûté bien de la peine avant qu'elle ne la fasse à sa main, « Laissez ici bouillir lentement et doucement le temps de dire le miserere mei Deus une fois ».

Lentement ? Mais lentement comment ? Aussi lentement que vous le ferez bouillir ?

Il faudra bien se débrouiller avec ça, et la jeune enlumineresse s'en débrouille. Elle ne s'étonne pas de la scrupuleuse imprécision de Jehan le Bègue, car elle ne s'attend pas à autre chose qu'à faire la recette à sa main. Jamais elle ne croira que le pape, que le roi ou sa mère aient des recettes plus sûres, une autorité plus indiscutable pour aller dans la vie que celles de Jehan le Bègue ou Cennini.

Sur la base de tel auteur, de tel autre, de l'expérience propre du grand-père, du père et des broyeurs de couleurs de la maison, se fiant à la fin à l'expérience qu'elle se forge au fil des années, Marguerite avance, tâtonne, apprend, triomphe à produire tel noir aux reflets roux dont elle a rêvé. Le lendemain, elle offre ce noir ardent à une lettrine, qui est la première lettre du nom de son client. Celui-ci passe à l'atelier. Il en est très content. Il veut qu'elle écrive toujours cette lettre de cette couleur. Ce noir roux, flamboyant, solide, est en accord avec son désir et le prix qu'il peut y mettre. Surprenant mélange d'extase esthétique et comptable. Tout l'Homme est là.

Finalement, ce parcheminier ne fait pas l'affaire de Marguerite. Elle le voit quelques fois. Il fait plusieurs allers-retours avec elle de l'atelier à l'apothicairerie. Sa conversation est agréable. Il n'est pas idiot, joli garçon, mais léger, ne pense qu'au plaisir. Il aime trop le vin, et dès le matin. C'est un coureur de filles, elle l'a bien vu aux œillades qu'il sème en chemin. Certaines les lui ont bien rendues. Il est bavard, commence à claironner dans le quartier que son union avec Marguerite est comme faite.

Quand le père sera mort, il n'est pas sûr qu'il saura mener ses affaires. Marguerite ne gagerait pas l'avenir de l'atelier sur la foi de cet homme-là. Elle le suggère au père et au grand-père, qui ont pris des renseignements de leur côté. Ils souscrivent à son intuition sur la base d'incidents qu'ils soumettent à la mère.

Celle-ci n'abandonne pas, à croire qu'elle y joue sa vie.

La meilleure défense de Marguerite ? C'est sa passion, la maîtrise de son art. Sa mère la harcèle encore ? Peut-être, mais quand Marguerite teste la fiabilité de telle recette, trouve le biais par lequel telle couleur, tel pigment qui fane à la lumière, tiendra dans le temps, la mère n'existe plus.

L'enlumineur qui travaille à la lumière de l'instant sait jouer des temps longs, sait être patient. Un beau livre d'heures requiert jusqu'à huit mois de la vie d'un peintre. Un mariage susceptible de durer la vie vaut bien un peu de patience.

Son grand-père soutient Marguerite aussi loin qu'il peut.

« La laisserez-vous travailler à la fin ! Plus elle avancera dans son art, plus elle aura de prix aux yeux de son mari.

— Avec tout le respect que je vous dois, mon père, il m'appartient ainsi qu'à mon époux de trancher sur le sort de notre fille, et l'on veut qu'elle se marie. Quant au prix qu'elle pèse, l'atelier est assez lourd pour passer outre le sien propre.

— Êtes-vous sûre, madame ma belle-fille, que mon fils soit aussi pressé que vous de régler cette affaire ?

— Allez lui demander.

— Allez-y vous-même. »

Il faut bien de la passion pour son métier, et garder ses nerfs pour résister à cette menace de mariage. Une menace, car pas un jour ne passe sans que Marguerite entende le récit dans le quartier d'un mari mort d'accident, de fièvre. Quant aux femmes, elles meurent en couches plus souvent qu'à leur tour. Les veufs et veuves sont légion. Chacun suppute les contours de la prochaine configuration. La roue à qui perd gagne n'arrête jamais de tourner, le mariage est un manège, et Marguerite doit y monter.

En attendant, elle est à nouveau promue au sein de l'atelier, c'est ce qui compte. Elle se voit confier la réalisation des lettres historiées. Au creux de la lettre initiale, elle peut maintenant coucher tout un tableau. Une licorne au loin peut s'avancer, derrière elle un dragon se cacher.

Marguerite décrit son père assis sur un tabouret derrière elle. Elle travaille à son lutrin. Il se tient là où elle se tenait autrefois, quand elle apprenait de l'aïeul. Il s'enquiert de ce qu'elle a rapporté de sa course tout à l'heure chez son parrain tout en l'observant peindre, reprendre l'esquisse d'un apprenti. Il confie à sa fille que lorsqu'il s'accorde cela, de prendre le temps de la regarder peindre, enseigner, il se sent sauvé. L'aïeul le disait bien qu'il pourrait compter sur elle. « Il ne parlait pas de bonté de pucelle, il parlait enluminure, il parlait peinture. » Pardessus son épaule, le père égrène ces mots d'une voix blanche. Marguerite crispe au sang sa main sur la broche en étoile d'or épinglée à sa poitrine pour ne pas pleurer.

« Disait l'aïeul » ?

Le grand-père de Marguerite est mort. Il n'a

pas fait de double de sa fameuse broche, il n'en aura pas eu le temps, il lui a donné la sienne.

Dans son livre d'heures, elle couche le bleu précieux sur le vélin au blanc de lait, patiente, couche après couche. Et atteint l'effet souhaité. Bleu. Bleu du ciel au zénith. Tout le ciel est maintenant comme couché pour les siècles des siècles sur la peau du petit veau mort. Ce bleu vient lui pétiller à fleur de cerveau comme une écume, une écume si légère, quand elle n'a pied que sur un cœur lourd. Elle contemple, et sa peine cède.

Sans la figure tutélaire, le mois prochain, et celui d'après, la maison de l'enseigne À L'Étoile d'or saura-t-elle tenir son rang ?

Contre la concurrence des ouvrages imprimés, l'atelier survivra-t-il ?

La mère a la réponse. Que Marguerite se marie !

Seulement le père a une autre idée. Il veut ouvrir un atelier d'imprimerie lui aussi. Il exige un ultime répit pour sa fille, car il a besoin d'elle pour l'heure, concentrée sur leurs affaires et leurs affaires seules. Et le père, qui se découvre radical en orphelin, est braqué. La mère entend que cette fois, il ne servira à rien de protester. Elle sait bien que c'est Marguerite qui forme les apprentis désormais, que tous les travaux les plus fins, exigeants, c'est elle qui les réalise, que son époux a besoin d'elle à l'atelier, où déjà elle est vue, par les autres peintres, par les clients réguliers, comme la digne héritière du vieux maître.

Les trois parties passent un accord.

« Tu aides ton père à ouvrir cet atelier d'imprimerie qui est une folie, dont l'idée seule me fait perdre le sommeil. Pour compenser le souci que vous me faites endurer, dans un an au plus tard, tu seras mariée. M'as-tu bien entendue ?

— Oui mère. »

Marguerite n'a d'abord vu d'issue, de soulagement, face à la perte de son grand-père, au vide qu'il a laissé, que le travail, que peindre. Mais ce projet du père est venu ouvrir des perspectives. L'industrie de l'imprimerie est en plein essor. De ce nouveau monde, le père veut être. L'aïeul disparu, il se sent les moyens de ne plus être une ombre, il ose, veut son imprimerie à caractères mobiles comme c'est la mode. Marguerite l'y encourage. Rien n'arrêtera cette nouvelle invention. Le livre qui était serré avec les bijoux ou les titres de propriété hier, sera demain laissé à portée de mains, lu, relu, on le partagera, comme un repas, comme on partage l'essentiel. Le père réunit les fonds, les presses, les alphabets, s'assure de la collaboration de deux bons ouvriers déjà formés, se forme lui-même.

Dès que ses travaux d'enluminure lui en laissent le loisir, Marguerite rejoint son père dans la boutique d'à côté, que la famille loue désormais. Il y a installé ses nouveaux ateliers.

Le père, que Marguerite a toujours vu dépassé par le sien propre, pataugeant dans le sac et ressac perpétuel des jérémiades de sa femme, désemparé devant le talent de sa fille, trouve dans cette aventure sa rédemption et son utilité. Il fait face à tout, et se découvre à son aise à l'entretien des machines, très bon marchand, et joueur même, aimant la compétition qu'il engage avec les autres imprimeries qui éclosent en ville.

Marguerite ne flatte pas l'ambition de son père par calcul, parce que cela recule le moment de son mariage, elle est convaincue qu'à cette aventure de l'imprimerie, l'atelier À L'Étoile d'or, loin d'en pâtir, trouvera un regain. Si la mode est à l'ouvrage imprimé, l'histoire peinte garde tout son prestige. Le père produira un livre, fabriqué en série, que Marguerite et les autres peintres de l'atelier illustreront, enlumineront, y apportant une touche personnalisée, selon le goût du client fortuné, comblé par cette alliance entre permanence et progrès.

L'industrie de l'imprimerie sauvera leur maison, mieux que son talent à elle, ou même son mariage, dont le temps est venu.

Un lit à ciel et à pendants

Certains prétendants sont de la première heure, ils ont été patients, ont entendu l'argument de jeunesse, puis celui du deuil suite à la disparition de l'aïeul. Eh bien ils seront déçus. Car il y a un nouveau candidat, veuf de frais, libraire juré de l'Université de Paris, sans enfant. Marguerite l'a-t-elle choisi pour cela ? Non seulement qu'il n'en ait pas, mais qu'il soit susceptible de ne pas pouvoir en concevoir ?

Il est de dix ans son aîné, lui semble être un bon compromis. Son parrain et son père en pensent du bien. Il a donné des assurances quant à la bonne gestion de ses affaires. Il n'est pas laid, assez propre et soigné. Il lui semble bonhomme. Ce n'est peut-être qu'une façade sur laquelle elle pourrait ne pas pouvoir compter dans le secret de leur foyer. Elle se renseigne là-dessus. Se trouve rassurée autant qu'on peut l'être. Elle est confiante.

Il n'est jamais question d'amour.

C'est avec lui que Marguerite accepte de se marier.

De façon inattendue, dans les temps où se négocie le mariage, c'est avec son père qu'elle est fâchée. Il a décidé d'imprimer cinq cents copies de ce détestable livre intitulé *Les Quinze Joyes de mariage*, écrit un demi-siècle plus tôt. L'ouvrage, satirique, y peint la femme en être infâme, et l'homme en âne. Très populaire dès sa parution, il est remis sur le métier par l'imprimerie à ses débuts, qui en fait son sel. Il y a toujours bon argent à faire avec des livres méchants. La méchanceté est un excellent divertissement, qui se vend. Marguerite trouve un peu fort tout de même que son père choisisse le moment où l'on doit sceller son mariage pour se lancer dans cette affaire.

Peut-être bien que le père imprime ce livre par défi, maintenant que lui ont poussé des ailes. Dernier baroud d'honneur contre sa femme qui l'a toute sa vie accablé ? Contre ce mariage qui lui prend son garçon manqué ?

Marguerite, incorrigible, ne flattera aucun parti. Elle déplaira aux femmes qui voudraient qu'elle taise les défauts de sa mère. Elle sera insupportable aux hommes parce qu'elle ne se laisse pas faire. Est-ce sa faute si elle doit se garder sur les deux fronts à la fois ?

Où qu'elle regarde, au bord de faire le pas, du

côté de chez elle, ou de ses voisines, le mariage n'a décidément rien pour plaire à Marguerite. Ce matin encore, à l'apothicairerie, une femme prétendait être tombée dans l'escalier. Déjà. Que des hommes battent leurs épouses a l'air si commun qu'elle écrit dans son livre, à la suite : « Peut-être qu'en temps de paix, les hommes font violence aux femmes pour se tenir prêts ? Pour quand la guerre reviendra, pour garder le goût de la proie. »

C'est sur ces engageantes pensées que Marguerite se marie. Elle ne le fait qu'avec l'assurance que rien ne changera quant à sa place dans la gestion de l'atelier de son père, et qu'elle n'aidera aux affaires de son mari qu'autant qu'il lui restera de temps à lui consacrer. Le contrat est conclu. Et si le mari veut le piétiner, il le piétinera et les tribunaux trouveront le moyen de lui donner raison.

Le mari emménage dans la maison sur le pont Notre-Dame. Il y fait installer *un lit à ciel et à pendants*, démonté et remonté dans la chambre de l'aïeul, dont Marguerite a hérité.

La veille du mariage, son époux vivait encore avec des membres de son ex-belle-famille, au-dessus de sa librairie de la rue Saint-Jacques. Sa maison est encore plus peuplée que ne l'est la maison de l'enseigne À L'Étoile d'or. L'arrangement convient à Marguerite. Elle y voit même un gage de la confiance que son époux lui fait, de venir dormir chez elle. Un bon augure.

Pourtant elle ne confie même pas à son livre d'heures comment « il » s'appelle, même pas son petit nom, alors la fête, le banquet, la nuit de noces… Rien.

Elle ne le déteste pas. Elle est juste sidérée de la place intime qu'elle doit faire à cet homme qui ne lui est rien. Elle se sent comme étrangère à elle-même les premiers temps, quand elle est en sa présence, qu'il la touche, qu'elle lui parle, comme si c'était quelqu'un d'autre qui lui parlait, qu'elle touchait. Marguerite-l'épouse dompte Marguerite, elle la domestique. L'homme est gentil, patient, assez.

« Il » a offert à sa jeune femme, et cela elle le consigne dans son livre, un coffre de noyer avec dedans un lot d'un très beau drap de laine rouge pour faire une robe et des *couvre chiefz* comme il sied à une femme mariée, un chaperon de drap de laine violet, trois petits lots de soie pour lui faire des voiles légers.

Deux autres coffres contiennent l'un quelques livres, des lots de fourrures de *gris* et d'agneau noir, l'autre des draps de lit de lin, des nappes pour tous les jours, une de Venise avec ses serviettes assorties et enfin *ung petit roleau de toyle noire*.

Quelques semaines ont passé. Marguerite installe son lutrin dans la chambre nuptiale. La lumière y est bonne, Marguerite aime y peindre avec vue sur le fleuve.

L'accord conclu avant le mariage est respecté en tout point et de bonne grâce par son époux, qui passe toutes ses journées à la librairie de la rue Saint-Jacques. Elle ne se mêle pas de son travail, ni lui du sien.

Un peu de temps passe encore. Marguerite finit par écrire dans son livre d'heures, à la suite d'une prière à la Vierge : « Nous voilà bons amis en tout. » L'aplat de couleur qui suit sera vert, composé d'un vert de montagne voilé d'une laque dont elle est très contente. Est-ce à dire que le vert est apprivoisé ?

Pour ce qui est du mariage, la greffe a pris. Le mari est devenu membre à part entière de la maison. Il est même, par sa bonne humeur, parvenu à apaiser quelque chose qui était toujours en guerre chez la mère. Tous, et Marguerite la première, lui en savent gré.

Seules les relations avec Jacquot restent tendues. Il prétend ne pas voir l'époux, le cogne de l'épaule quand il le croise dans l'escalier à vis. Et il fugue de plus en plus souvent. Il est connu dans le quartier mais pourrait avoir une crise, des méchants pourraient abuser de lui, l'enlever, l'emmener loin pour l'employer à mendier.

Marguerite, guidée pas à pas par les artisans, les boutiquiers familiers qui l'ont vu passer, retrouve sa trace dans la foule sur le parvis de Notre-Dame, ou aussi loin que sur le Pont-aux-Meuniers. Elle lui prend la main, il la suit, sans se défendre. Seulement, à chaque fugue, il s'éloigne un peu plus loin. Un jour elle le retrouve rive gauche, à l'abri chez le père de ce parcheminier qu'elle n'avait pas voulu épouser, accroché dans un coin de la boutique à une peau de mouton bouclé. C'est comme si Jacquot voulait voir jusqu'où elle le suivrait.

Marguerite ne fait pas que dessiner les jours chômés, quand elle est seule à l'atelier, elle feuillette les ouvrages en cours de réalisation, ouverts sur les lutrins, surtout si c'est une copie d'une des œuvres de Christine de Pisan.

Marguerite ferait bien sa patronne de cette Christine, morte un demi-siècle plus tôt. Elle enluminait elle aussi et faisait travailler sur ses manuscrits des femmes, dont Anastaise, *experte et apprise a faire vigneteurres d'enlumineure en livres*. Marguerite écrit dans son livre d'heures qu'elle aurait aimé avoir des compagnes pareilles.

Marguerite, jeune femme, si consciente d'en être une, n'a de fait pour féminine compagnie que des femmes de lettres, mortes, et une pucelle, brûlée vive.

Elle a bien une jeune cousine, très convoitée déjà, fille de boucher, mais elles se voient rarement, et quand elles sont en présence, elles se sourient beaucoup mais ne trouvent pas grand-chose à se dire, aussi Marguerite est-elle soulagée quand la visite prend fin. Ce qui ne la rassure pas sur le fond. Est-il possible qu'elle ne puisse se faire d'alliés sûrs que des hommes ?

La commande d'un portrait va lui apporter la réponse.

Peu de temps après son mariage, on passe commande à Marguerite du portrait d'une certaine Marie Luillier, fille du maître des comptes de la ville de Paris.

La demoiselle, qui va se marier, a dix-huit ans, Marguerite doit en avoir à peine un de plus. Marie enterre sa vie de jeune fille, en quelque sorte, avec ce portrait que lui offrent ses parents. Pour le peindre et poser, elles se sont installées au calme dans la chambre de Marguerite.

Elles s'entendent, c'est l'évidence dès le premier instant. Avec Marie, rien n'est grave, tout est léger, va de soi, tout les fait sourire, même les choses les plus difficiles à vivre, comme cette séparation qui s'annonce à peine l'amitié scellée. Elles imaginent des stratagèmes pour rester ensemble, comment elles pourraient se cacher dans telle barque, bateau de la Seine, descendre le fleuve jusqu'à la mer, et là quoi faire ? Où aller ? Comme elles rient.

Une semaine après leur rencontre, Marguerite n'est plus la même. Les gens de la maison s'étonnent, s'émerveillent, non pas que la jeune maîtresse ait jamais été acariâtre, mais sobre pour le moins, austère. Et la voilà qui chante et rit, dévale les escaliers, parle en abondance, mange de meilleur appétit qu'elle n'a jamais mangé, redemande du vin ? Jacquot, encore plus éteint que normal depuis le mariage, en reprend malgré lui des joues. L'époux, loin de se plaindre de ce que Marie réussit où il a échoué, se félicite beaucoup de la bonne humeur de sa jeune épouse. Elle a baissé la garde. Au lit, elle joue, et jouit de lui pour la première fois dans ces semaines-là.

Marguerite éprouve bien des émotions à peindre ce tableau. Tout le temps, elle se sent comme oppressée par quelque chose de doux, de trop grand presque. Elle avait craint jusque-là la compagnie des filles. Les hommes sont des alliés ou des menaces. Jacquot, son jumeau, un autre soi. C'est clair. Mais les filles, quoi en faire ? Entre sa mère, qui est si dure, et ses idoles, Christine et Jeanne, inatteignables, voilà Marie, à portée de confidences et d'embrassade. Être avec elle est aussi simple et lumineux que le langage des couleurs. *Qu'il est doux d'avoir compagne.*

Le portrait montrera Marie portant ses cheveux libres. Ils ne le sont plus pour longtemps, la condition d'épouse impose de les couvrir. Ses cheveux sont bruns. Une crespine de fils d'argent semés de perles blanches les tient sages, du bord de son front jusque sous le bombé du crâne. Elle porte une robe de velours bleu sombre qui fait paraître sa peau encore plus blanche qu'elle n'est. Les manches sont de brocart pourpre, rehaussé de fils d'argent, comme le collier qui épouse exactement le ras de son cou. Ses dents sont mal rangées. Elle ne veut pas que le portrait la représente ne serait-ce qu'en souriant. Évidemment. Ce serait de toute façon malséant. Elle insiste, ne veut pas qu'on voie le début d'une dent. Mais c'est que c'est difficile, elles rient tant. « Alors tes lèvres seront closes, mais tes beaux yeux noirs riront, comme maintenant. »

Marie est bien contente de son portrait. Si contente qu'elle a une idée. Elle demande à ses parents, dont il avait toujours été clair qu'ils garderaient chez eux le tableau, de bien vouloir que Marguerite en peigne un second. Ce second portrait d'elle vivant ses derniers jours dans sa ville de Paris, elle l'emportera en Bretagne chez son mari.

Les parents se rendent à ce dernier caprice. Et c'est l'occasion pour les deux jeunes femmes de se voir encore, face à face, le temps de deux semaines.

Marie et Marguerite se font leurs adieux, sachant très bien qu'elles ne se reverront sans doute jamais. La Bretagne est si loin. Toutes deux pleurent beaucoup de se séparer. Marie l'assure que ce portrait d'elle, au revers duquel l'enlumineresse a esquissé le sien en écho, restera le plus beau cadeau de ses noces. Elles s'écriront.

Dans la vie de Marguerite, quelques années passent, trois, quatre ? Et, bien que confiante désormais dans l'intimité qu'elle tisse avec son époux, elle demeure *ventre sec.* Elle le note dans son livre aussi froidement que cela. Est-ce soulagement ? Tristesse ? Pour elle ? Son époux ?

Aplat de couleur violet. Un violet très sombre qui ondule sous la lumière, comme animé d'invisibles affaissements, d'imperceptibles sommets. C'est un voile de deuil. Au cœur de la page est enchâssée une vignette de texte, petite porte, qui introduit une prière : « Donnez-lui, Seigneur, le repos éternel et faites luire pour lui la lumière. »

Marguerite décrit son époux, qui marche ce matin-là vers sa boutique de livres rue Saint-Jacques. Il marche, marchait, en pleine rue, gaillard, le pas vif, des témoins le diront, qui l'ont croisé en chemin, vu tomber, comme foudroyé, la main sur le cœur.

À vingt-trois ans environ, Marguerite est veuve. Elle ne parle à ceux qui viennent lui offrir leurs condoléances ni de délivrance, ni de peine insurmontable, mais de stupeur.

Elle s'était habituée à cet homme, avait apprivoisé sa légèreté, son humour, son odeur.

Homme la nuit, il était autrement son ami. Sa correspondance avec Marie lui donnait une grande joie. Sa mère enfin apaisée, Marguerite pouvait, abstraction faite des échappées jalouses de Jacquot, se consacrer à peindre en paix, maîtresse enlumineresse bien amarrée sur le pont Notre-Dame. La braise brûlait moins rouge au-dedans d'elle. D'où cet aplat dans le livre d'heures, satin d'aubépine rose, qui respire la tendresse ? La sérénité ? Dans le cartouche au cœur de la page, pas de texte, mais un lit à ciel et à pendants, ciel de soie orangée, les courtines sont de toiles du même orange, mais mates, garnies en bas d'un galon d'un bleu sombre tirant sur le violet. Ce lit est encore bien vide tout de même.

Mais donc tout est remis en cause.

Le statut de veuf ne change rien à la vie d'un homme dans la société d'alors, le statut de veuve change presque tout dans la vie d'une femme. En mieux, selon Marguerite, qui ne se sent ni insolente, ni monstrueuse à le penser. Le statut de veuve est relativement favorable à la femme, voilà ce qu'elle entend, ni plus ni moins. Il est même tellement favorable, qu'elle ne doute pas qu'on fera tout pour l'en dépouiller en la poussant à se remarier. Car Marguerite est redevenue un enjeu, auquel l'imprimerie, qui compte désormais dans cette nouvelle industrie à Paris, a ajouté son poids d'or. Tout ce bon héritage devra bien tomber dans l'escarcelle de quelqu'un, autant que ce soit au profit de sa meute songent les loups. Dont certains s'inquiètent tout de même de ce que Marguerite n'ait pas eu d'enfants de son premier mariage. La faute à qui ? Quand il y a faute, c'est à la femme que souvent elle revient. L'affaire n'en reste pas moins juteuse et la fille jolie.

Les plus hardis parient que leur valeur au lit aura raison de la froideur, croient-ils, de la dame. Qu'ils parient tout leur soûl. Marguerite, si elle doit se remarier, le fera cette fois à son gré.

La stupeur du deuil passée, Marguerite se dévoue à l'atelier, peint, embauche, forme les apprentis. Le rôle qu'elle y tient la sauve de tout. Elle l'écrit, l'écrit encore. Comme pour s'en persuader ? Elle ne dit pas ce qu'il advient de la charge de libraire juré de son mari, ni de sa boutique. Elles auront été héritées, cédées au neveu du défunt ? Elle complaît en tout à la famille de son époux, ne revendique rien que demeurer maîtresse des biens qu'elle avait en entrant dans le mariage, conformément au contrat signé la veille de cette union restée sans progéniture. Si la famille veut reprendre le lit à ciel et à pendants, qu'elle le reprenne. Non, elle le lui laisse. Voilà pour la forme. Au fond, elle n'a avec sa belle-famille aucun lien à rompre, n'en ayant noué aucun.

Marguerite évoque Christine de Pisan. Elle ne prétend pas traverser cette épreuve du veuvage avec la même âpreté que son idole. Marguerite ne souffre pas de solitude, elle n'a pas perdu un amour, mais un ami, un allié, ce qui est déjà bien assez lourd à supporter.

Elle évoque Christine tout de même. Et Jeanne.

Jeanne, comme ces idées de mer et d'Espagne, revient toujours. Marguerite se demande : « Si la Pucelle avait quinze ans aujourd'hui, le sire de Baudricourt la recevrait-il à Vaucouleurs ? » Couleur. « Lui donnerait-il une escorte ? Des hommes la suivraient-ils sur le champ de bataille ? »

Bien sûr l'aventure de la Pucelle finit mal, bien sûr elle sera exécutée pour avoir remis l'habit d'homme, mais l'aventure de Jeanne d'Arc avait été possible alors. « C'est qu'en ce temps-là, on tenait donc encore la femme pour quelqu'un. »

« Orgueilleuse, dit la mère à sa fille. Tu te fais un principe de ton orgueil, ce n'est qu'un vice. »

L'époux de Marguerite disparu, les aigreurs l'ont reprise.

« Tu ne me trompes pas moi, à peindre et faire l'importante, tu ne suis jamais que ton plaisir !

— J'ai du plaisir à peindre, et bien plus que cela, mère. Mais ce plaisir-là n'est pas celui qu'on éprouve à sucer une dragée. Le goût que j'ai de peindre fait tout un avec l'art que je maîtrise, c'est lui qui me fonde à être là où je suis, plus que mon plaisir.

— La voilà encore qui fait la raisonneuse !

— Dieu m'a faite ainsi, pour peindre, c'est ce que je fais le mieux, ce qui le sert le mieux.

— Ne parle pas au nom de Dieu, mécréante !

— Je ne veux, mère, abuser ni personne, ni moi-même, quant à Dieu tout-puissant, comment le pourrais-je, qui peut ? »

Une veuve sur le pont a épousé un compagnon, formé par son mari défunt. La dame assure ainsi ses revenus et la pérennité de sa maison. Marguerite caresse l'idée pour son compte.

Et si elle faisait un époux de son meilleur ouvrier ?

De celui-là qui a son âge, la tête bien faite, et bien fait aussi pour le reste à ce qu'il semble. Elle en ferait assez vite un maître enlumineur-historieur. Ainsi elle resterait maîtresse d'elle-même jusque dans la soumission, et aurait la paix.

L'autre versant de la lumière

Ce matin-là, un ange a soufflé à Marguerite d'être coquette. Elle porte une robe de dessus ajustée et de bonne longueur, une longueur qui sert à la fois la pudeur et son pas, toujours pressé. Elle s'est fait faire une paire de bottines confortables pourvues d'un petit talon dont elle est très contente. La robe, de fine laine violette, claire, est bien ajustée, du buste corseté jusque sur les hanches où la jupe s'évase. Le décolleté carré est orné d'un galon rosé, assorti à la cordelière qui pend à sa ceinture. Les manches sont étroites car elle a travaillé avant et travaillera après sa course. Le chaperon ajusté sur sa coiffe blanche est de velours noir. Il s'étire loin sur sa nuque et lui encadre le visage à son goût.

Justement, elle s'était dit ce matin-là, comme elle se regardait dans son miroir avant de partir pour sa course quérir ses pigments, « Après quoi cours-tu au fond toujours ainsi, seulette, d'un pont à l'autre ? ». Et le cœur l'avait pincée de regret, de se sentir jeune et jolie, et que cette jeunesse, cette joliesse allaient passer sans aventure.

Il fait très froid. Elle porte un mantelet de fourrure de gris. Elle marche, oublieuse des considérations, frivoles, pense-t-elle, offertes tout à l'heure à son miroir, pressée au fond d'en venir au fait. Ses pigments. La boutique est en vue.

Marguerite ne trouve pas son parrain à son poste habituel à cette heure de la journée derrière sa balance, sous l'auvent. Elle va s'en enquérir jusque dans l'arrière-salle. Il n'y est pas. On lui dit qu'il est là-haut chez lui.

Elle va à l'étage. Elle le trouve. Et à ses côtés un homme, jeune, qu'elle voit pour la première fois.

« Ah Marguerite, je te présente Giovanni, le fils d'un vieil et cher ami. Sa mère était toscane. Mais la vérité, qui doit rester la nôtre, c'est qu'il nous vient de Grenade.

— Giovanni ? De Grenade ?

— Bien qu'il ait grandi à Grenade, Giovanni parle le toscan, sa mère le lui a appris. S'il doit passer avec nous un peu de temps, il faudra lui apprendre à parler mieux le français de Paris. Pourras-tu t'en charger ? Je ne vois pas à qui d'autre le demander. »

Un peu de temps ? Le temps s'est arrêté. Ce qui est impossible bien sûr, pourtant…

Le cheveu noir, long jusqu'à l'épaule, ondoyant.

L'homme est vêtu de chausses bleues, d'un pourpoint de laine rouge sombre. Il porte dessus un manteau sans manches, aux plis bien faits, de fine laine noire, ceinturé à la taille d'un lacet rouge.

Sur tout ce noir, ces yeux si noirs au point de ne plus distinguer la pupille, on ne devrait pas tant les voir. En plus d'être noirs, d'un noir qui absorbe littéralement Marguerite, ils sont comme piqués d'or.

Elle se dit qu'elle est indécente, mais elle ne peut se défendre d'admirer ces yeux.

Lui se laisse faire, mieux, il la découvre, tranquille, appuie son regard dans le sien, *y creuse déjà son lit.*

Dans son livre d'heures, elle peindra cet aplat de couleur noire. Un noir si noir, profond et mat, que le regard se posant dessus se trouve comme aspiré.

Sur ce noir sont semés des points d'or, comme autant d'étoiles, aspirées elles aussi vers un point qui n'est pas central à la page. Mais la ligne de fuite est claire.

Ce tableau de couleur dans le livre d'heures de

Marguerite, sans cartouche au cœur, sans texte aucun, est le tableau des yeux de cet homme.

Depuis que Marguerite orne des lettres, peint des tableaux, elle recueille à la pointe de son doigt mouillé les restes d'or qui en sont tombés. De tous les tableaux, de toutes les lettres, jusqu'à ce jour de leur rencontre.

C'est le soir de ce jour-là qu'elle peint ce champ noir et sème l'or.

Bien qu'elle voie cet homme pour la première fois, elle le reconnaît.

Pic de La Mirandole ? Un leurre charmant, nécessaire, idéal.

Son époux ? Un loyal compagnon.

Mais c'est cet homme qui compte, qui comble la faille, réconcilie le réel et l'impensable. Il est l'homme qui lui correspond. Ses yeux noirs lui parlent, à elle, l'affolée de couleurs, de l'envers et de l'avant, de l'autre versant de la lumière.

Giovanni n'est pas Giovanni. Daoud est le nom que lui ont donné ses parents, son père, médecin, ami épistolaire du parrain et sa mère, toscane, née dans le quartier chrétien du port de Tunis, qui par amour se convertirait à l'islam.

Lorsque Marguerite rencontre Daoud chez l'apothicaire, sur le petit pont près de l'Hôtel-Dieu, nous devons être en novembre ou décembre, puisqu'il fait froid, de l'année 1492. Dans le logement du parrain, au-dessus de la boutique, Daoud raconte pour Marguerite ce que sait déjà l'apothicaire, qui l'engage à tout dire devant sa filleule. « Va, elle est tout comme ma fille, il n'y aura que nous trois pour savoir. »

En janvier de cette même année de 1492, Grenade, dernier bastion musulman en Espagne, est tombée aux mains des chrétiens. Marguerite sait cela. A-t-elle su que quelques mois plus tard, en mars, les juifs ont été chassés du royaume d'Espagne ?

Elle dit que oui, elle l'a appris.

Les nouveaux maîtres ont promis de respecter la foi des musulmans de Grenade, mais Daoud, ou Jean ou Giovanni, n'en croit rien. Il pense que le tour des musulmans viendra, que tôt ou tard, ils seront chassés eux aussi. Ou que pour le moins on leur fera une vie qui aura toujours le goût du mépris.

Daoud ne supportait pas d'être regardé dans sa propre maison, par des étrangers, comme un intrus. Il a préféré partir, partir avant d'être chassé de chez lui.

Il raconte tout cela dans un mélange de mauvais français et de toscan qu'il sait par sa mère.

Le père de Daoud, né à Grenade, comme ses ancêtres, médecin, passionné d'apothicairerie et de chirurgie, éduqué à faire front à la mort, avait supporté celle de son épouse, mais n'était pas préparé à la chute de Grenade. Il n'était pas armé contre ce revers-là.

Le discours de Daoud est haché, mais Marguerite comprend tout ce qu'il dit. D'ailleurs elle sait le toscan assez bien. Elle l'a appris avec son grand-père pour savoir les recettes de couleurs de Cennini.

Son père disparu, Daoud laissa sa maison aux soins du jardinier, son jardin aux oiseaux et aux chats, et quitta Grenade, ses nouveaux maîtres et ses fantômes.

Après d'invraisemblables péripéties, et au lieu

de se rendre à Fez comme il l'avait d'abord voulu, il avait débarqué à Marseille, et décidé, plutôt que de retraverser la Méditerranée, de prendre la route de Florence où il avait des amis. Depuis Florence, pensait-il, il rejoindrait Constantinople. Mais là encore, les circonstances avaient tranché pour lui. Elles l'avaient conduit sur la route de Paris.

Il savait qu'un apothicaire, ami de son père, y tenait boutique sur le Petit-Pont, près de l'Hôtel-Dieu.

Le père de Daoud était mort, mais l'apothicaire, « Dieu soit loué », vivait encore. « Dieu soit loué. » Quel Dieu ? Au bénéfice de qui ? Daoud ou l'apothicaire ? À son bénéfice à elle, Marguerite ?

Daoud doit attendre à Paris une certaine lettre, celle de l'amiral Colomb, parti au milieu de l'été ouvrir une nouvelle route pour rejoindre les Indes. Daoud sera du prochain voyage. S'il y a un prochain voyage. Mais Colomb lui a promis qu'il y en aurait un.

Au moment où Daoud décide de quitter Grenade, Colomb est en plein préparatif de départ. Il ne peut pas emmener Daoud pour cette première tentative, c'est trop dangereux, incertain, il ne veut pas prendre ce risque au nom de l'amitié qui le liait à la mère du jeune homme, une cousine. Il promet de l'emmener, comme Daoud l'en prie, mais au prochain voyage.

Les deux hommes conviennent, puisque Daoud refuse de rester à Grenade un jour de plus, de la chose suivante. Daoud fera parvenir l'adresse où il aura trouvé refuge à une connaissance commune qui vit à Cadix.

L'amiral est sûr de son plan. Il trouvera cette nouvelle route vers les Indes. « Là-bas, je serai libre, libre autant qu'on peut l'être. Car l'est-on jamais ? » demande Daoud en plongeant son regard noir dans celui d'azur de Marguerite.

À réception de cette lettre, il rejoindra l'amiral à Lisbonne ou Cadix. Il en rêve.

Marguerite lui dit : « Alors je vous souhaite de recevoir cette lettre bientôt, Daoud. » Elle a dit cela. Elle a menti.

Colomb, ses trois caravelles et quatre-vingt-dix hommes d'équipage ont quitté l'Espagne quelques mois plus tôt, en août. À l'heure où les deux jeunes gens se rencontrent, Paris n'a pas encore de nouvelles de l'expédition, ignore que l'amiral Colomb a abordé une île le 12 octobre, au nord de la mer des Caraïbes, que le 28 du même mois, il a débarqué sur l'île de Cuba, persuadé d'avoir atteint le Japon.

Le refuge de Daoud portera l'adresse du Petit-Pont, à Paris, où le parrain de Marguerite veut qu'il se considère chez lui jusqu'à l'arrivée de cette invitation à embarquer pour les Indes.

Là-bas, Colomb aura besoin d'un bon peintre. Il y aura à n'en pas douter à témoigner de tant de nouveautés, de paysages, de routes nouvelles, d'animaux et de gens que l'on voudra se représenter. Or Daoud peint avec un grand souci du détail, et pour le prouver il montre à son hôte et à Marguerite quelques dessins qu'il a faits des animaux de son jardin, là-bas à Grenade. Il en a beaucoup d'autres, mais ce sont les seuls qu'il ait pris avec lui. Ce sont des croquis de chats, d'oiseaux, de huppes aux becs longs et arqués, de pies bleues.

Comme le parrain et Marguerite apprécient, Daoud sort d'une besace un herbier, qui désigne alors tout recueil traitant des plantes. Il l'a fabriqué et y a dessiné lui-même. Son père a amendé chaque dessin de plante d'une recette, que le jeune homme traduira au parrain s'il le souhaite.

Dans cet herbier, Daoud a également peint, rien que pour son plaisir, les vergers qui entourent Grenade, des vergers plantés de myrtes, d'oliviers, de figuiers, d'amandiers, d'abricotiers, d'orangers, de grenadiers, tous irrigués par un ingénieux réseau de petits canaux, également représentés.

Marguerite le feuillette, tandis que le parrain sort du coffre où il était enfermé le dessin du jardin familial envoyé autrefois par le père de Daoud. « Voyez, dit Marguerite, j'avais votre paradis déjà bien en tête.

— Ce n'est plus mon paradis, mais cela restera toujours mon pays. Beau pays. Grenade est une émeraude, sertie de collines, de vallées et de plaines où la terre est si féconde, qu'on y fait deux récoltes à l'année. Oranges, citrons abondent, et l'eau pure là-bas ne manque jamais. »

Devant le tableau d'un jardin luxuriant, aux délicieuses déclinaisons de vert, que Daoud a peintes, Marguerite sourit béatement. Ce jardin, dit Daoud, est en pleine ville. « Ce jardin à l'ombre de l'Alhambra qu'a peint mon père était le mien. Cette fontaine était la mienne. »

Daoud craint que les nouveaux maîtres, à force de bannir, exclure, ne mettent en péril Grenade et toute cette harmonieuse architecture de palais et de nature.

La Reconquête s'est faite au prix de tant de destructions déjà. « Mais je ne veux pas médire des chrétiens. J'en connais qui œuvrent pour mon bien. »

Il dit qu'il a hâte de partir loin des terres où musulmans et chrétiens s'affrontent, hâte de témoigner au monde par la précision de son dessin des nouvelles routes que Colomb aura défrichées. Il dit cela, et tout en le disant, sur une page vierge de son herbier, à côté d'une autre où est représenté un nénuphar blanc, il fait le portrait de Marguerite, sans lui demander la permission. Il trébuche sur les mots, passe par le latin quand il le doit, répète le mot qu'on lui dit qu'il faut dire en français pour exprimer son idée, et le temps de la dire, voilà le portrait de Marguerite fait.

Elle, qui rêve de peindre l'éther, qui craint toujours, à représenter telle chose, telle bête ou personne, de manquer à toutes les autres, se voit exactement dessinée, possédée par les yeux de Daoud, et heureuse de l'être. Elle se reconnaît dans l'esquisse de cet étranger, plus fidèle que ce portrait qu'elle avait fait un jour d'elle-même.

À compter de ce passage, de ce tableau noir primordial, piqué d'or, les tableaux de couleur du livre de Marguerite changent de ton. Du violet aubergine, du vert qui sent le fond des bois, ils virent au rouge, au jaune orangé.

Daoud n'est pas un poids à la boutique, au contraire, il connaît le travail, est même expert dans celui de la préparation des plantes pour les décoctions et les tisanes. Les autres employés de l'apothicairerie l'appellent Giovanni, puisqu'il parle le toscan.

Les apprentis et les clients ne font pas trop de questions. D'ailleurs « Giovanni » parle peu, de peur que ne lui échappe un mot arabe. Pour tous, il est le fils d'un collègue toscan, collègue défunt de l'apothicaire, qui a recueilli l'orphelin. Il aide bien.

Seuls le parrain et Marguerite savent. Si la suspicion était éveillée, il faudrait que Daoud parte, rejoigne Constantinople, ou se convertisse. Le parrain a un très bon ami qui est chanoine, il réglerait l'affaire ? Peut-être. Mais fuir, aux premières rumeurs, serait sans doute l'issue la plus sûre, écrit Marguerite, qui confie à son livre d'heures l'existence même de l'Infidèle. Elle prend ce risque, parie que personne n'ira voir au cœur de la prière commune, rebattue, l'amour interdit, le Maure qu'elle y cache.

L'évitement, le silence sont des routes que le parrain et Marguerite apprennent à bien connaître.

L'époque n'est pas à la conciliation entre Maures et chrétiens. La chute de Constantinople en 1453 a été un traumatisme, que la prise de Grenade vient apaiser, compenser un peu.

La *Reconquista* sonne comme une revanche sur l'Islam, dans toute la Chrétienté.

À Paris, quand le paradis de Daoud est tombé, on a fait la fête, chanté un *Te Deum* à Notre-Dame. Ce jour-là, Marguerite se rappelle qu'elle peignait dans sa chambre face au fleuve. La maison était silencieuse. Ils étaient tous allés assister à l'office célébrant la libération des terres d'Espagne. Marguerite était bien heureuse. De peindre. D'être seule dans la maison suspendue au-dessus de la Seine. Et de ce que le Dieu des chrétiens, son drapeau, avait prévalu, c'est vrai. Oui, elle s'était sentie du camp des justes et des vainqueurs. Quand les cloches résonnèrent au ciel de Paris, elle avait rendu grâce avec évidence. Ce souvenir, si clair hier, est tout brouillé à la lumière d'aujourd'hui.

Marguerite prie la Vierge de protéger son parrain, elle-même, de protéger l'Infidèle. Elle promet à la très glorieuse mère du Christ que Daoud ou Giovanni ne fait que passer, qu'il ne cherche à dévoyer aucun chrétien, qu'il ne renseigne pas le Turc. Loin de faire le mal, il prépare de bons remèdes pour soigner les pauvres de l'Hôtel-Dieu. Notre bonne mère ne peut pas ne pas le voir.

Marguerite a beau être volontaire, hardie, elle est enfant de son temps, enfant de ses peurs. Son grand-père a eu les siennes, le pillage, les disettes, la guerre. Du temps de Marguerite, le royaume de France est en paix, mais c'est une paix en apnée, dans un monde qui craque de toutes parts. À l'Orient du monde chrétien, le Turc érige des portes, interdit le passage, menace de pousser l'avantage toujours plus loin vers le cœur de la Chrétienté. À Dieu ne plaise, le Turc veut interdire l'orient ? Colomb répond en promettant d'étendre le monde des chrétiens vers l'occident. Bien. Mais les chrétiens y gagneront-ils au change ? Là où le Turc envahit le monde familier, reste aux Croisés un ailleurs, un au-delà des mers, lointain et inconnu, où le rêve n'a ni prise, ni brides.

À Paris, en Italie, la mode, les esprits oscillent, on ne sait où donner de la tête. On s'affiche sobre et raisonneur, ou mystique à outrance. Marguerite préfère la sobriété, mais ceux qui se vouent à l'outrance font tant de bruit, c'est le but, à l'image de ces illuminés qui s'enivrent à prédire la fin du monde au cri de « l'Antéchrist est à nos portes ». Et revoilà déjà le Turc, le Turc qu'on méprise et admire tour à tour, qu'on craint à la mesure de sa force. On hait l'Infidèle, qui n'a d'autre dessein que d'assujettir les possessions des chrétiens à sa tyrannie. Il est fléau de Dieu, suppôt d'une secte immonde. Un prince chrétien allait se lever. Le roi de France lui-même, Charles VIII le très courtois, allait écraser le Turc et ferait briller aux yeux du monde la gloire du Christ avec la volonté de Dieu. Ainsi pensent les chrétiens, ainsi pensait Marguerite qui n'avait rien à redire à cela avant de croiser le regard de Daoud.

S'ils savaient, tous ces gens qui l'entourent, galants, voisins, son père, sa mère, s'ils savaient qu'un Maure vit parmi eux, au cœur de la Cité, qu'il prépare des onguents dont les dames s'enduisent avec délectation, des potions dont les grands seigneurs se gargarisent, et jusqu'à l'évêque, qui dit que son cœur a arrêté de danser la gaillarde depuis qu'il prend le soir une certaine tisane à base d'aubépine.

Peur. Peur de l'autre. Peur de soi, de ne pas croire comme il faut croire, de ne pas haïr qui l'on doit. Peur de l'ennemi, connu. Peur fascinée des mondes qu'on ne connaît pas. Hier le remède à la peur ? À la mélancolie ? La réponse à tout ? Peindre. *Pourtrayer et figurer moultes hystoyres.* Depuis que Daoud est dans les murs de Paris ? Depuis que Marguerite ne vit plus en lisière du monde, mais a plongé dedans par force d'amour, le remède ? Être à quelques mètres de lui, croiser son regard sans rien laisser paraître de ce qui les unit, qu'ils ne se sont pas encore dit. Le voir, vaquer avec les autres ouvriers composer les mélanges, peser, broyer, mettre les onguents dans les pots. Le voir être, vivre, faire tous ces gestes familiers et banals à l'égal des autres et se dire, voilà mon roi.

Giovanni se promène parfois le soir dans le quartier des universités, contre l'avis du parrain. Il dit qu'il passe inaperçu au milieu des milliers d'étudiants qui viennent de toute la Chrétienté étudier à Paris. Étudier à Paris, et rêver d'Italie. L'Italie est alors non seulement à nouveau auréolée de la gloire antique, mais porteuse de tous les progrès. Giovanni, auprès des étudiants qu'il croise, prétend être blasé, dit qu'il ne regrette pas de n'y vivre plus, le petit bourg où il a grandi était de toute façon assez loin de Florence…

Il est pris un soir dans une bagarre entre Nations, qui sont ces associations, ou clubs dirait-on aujourd'hui, au sein desquelles les étudiants trouvent de quoi s'entraider, mais aussi un tremplin pour nourrir leurs querelles. Ce soir-là donc, les Anglais se battent contre les Normands, les Bourguignons contre les Flamands et dans le feu du moment, une autre bagarre vient se greffer là-dessus. Des Allemands sautent à la gorge des

Tchèques, qui les ont traités de « mouches sur le plat, de serpents et de putains dans leur propre maison ». Daoud, qui n'appartient à aucun camp, se jette dans la mêlée.

Marguerite vient, comme souvent les jours chômés, donner sa leçon de français de Paris à Giovanni. C'est le lendemain de cette nuit, où il s'est battu. Il a une méchante entaille à la tête.

« Pourquoi ? lui demande Marguerite en le pansant. Pourquoi prendre ce risque d'être arrêté, découvert.

— Par exaspération. À attendre la lettre de l'amiral. Et par chagrin. »

L'apothicaire les laisse seuls sous un prétexte banal.

Marguerite :

« Tu disais "Par chagrin" ? Chagrin de quoi ?

— Tu le sais je crois. Chagrin d'amour. Qui, même s'il osait se dire ou se faire, n'aurait pas d'avenir. »

Le parrain revient.

Marguerite donne sa leçon.

« Dale limosna mujer, que no hay en la vida nada como la pena de ser ciego en Granada. »

« Femme fais-lui l'aumône, car il n'y a rien dans la vie comme la peine d'être aveugle à Grenade. »

Où que Daoud soit, dans sa mansarde, dans l'arrière-salle de l'apothicairerie, dans les rues étroites du quartier de l'université où les étudiants s'égaient le soir, où qu'il soit, Grenade lui manque. Il plonge dans son herbier pour en retrouver quelque chose, appuyer sa mélancolie sur quelque chose qui ait un fond, où il ait pied. Romarin, bleuet, cyprès, lavande. Giroflée, buis, rose, lis, œillet. Il brode sur la beauté des fleurs, la douceur des hivers, sur les neiges éternelles qui brillent au sommet des montagnes et que des porteurs d'eau avec leurs ânes rapportent en ville au plus chaud de l'été. Ah ! le goût de cette eau.

Après Grenade et ses douceurs, à évoquer ses

parents, Daoud pleure. Il se console en répétant qu'il n'y a pas à regretter une vie « qui aurait toujours le goût du mépris ». À la fin, Fez ou Constantinople lui seraient aussi étrangers que Paris. Le voyage est donc bien la seule issue pour lui. Marguerite dit qu'elle est d'accord. Puis demande si l'amiral a dans l'idée d'embarquer des femmes pour le Nouveau Monde ? Daoud reste muet, bouche bée. Le parrain s'insurge. « Comment Marguerite, tu n'y penses pas ! »

Bien sûr qu'elle y pense. Mais même si on acceptait une femme sur la caravelle, comment laisser Jacquot, abandonner son père, l'enseigne À L'Étoile d'or.

Elle se fait violence pour, les après-midi de ses jours chômés, rentrer à l'atelier, peindre. Se faire violence pour peindre ?

Jacquot sent que quelque chose cloche. L'époux disparu, il ne fugue plus mais Marguerite le surprend à l'observer quand elle peint. Et, toujours, le regard de son frère la cueille à l'instant où elle pensait intensément à Daoud. Il paraît qu'elle peint de mieux en mieux ? À égaler son aïeul ? C'est ce qui se dit en ville, et que le veuvage lui réussit décidément très bien. Tous la croient plus dédiée que jamais à son art, nonnette en enluminure, savante et inspirée des anges, tous sauf Jacquot, qui sait qu'elle n'a jamais été aussi loin de ce tableau. Car elle ne vit plus pour peindre. Elle est occupée, habitée par autre chose ou quelqu'un, qui lui manque.

Le mal de Saint-Jean a empiré. Les crises sont de plus en plus fréquentes. Marguerite, de sa chambre, entend dans la nuit, aux coups de ses jambes et bras raidis sur le plancher ou contre le bois de lit, que Jacquot a une crise. Tirée du plus profond de son sommeil par la conscience que son frère a besoin d'elle, elle descend à l'atelier des broyeurs, s'assoit à ses côtés sur la paillasse dans le noir, le veille. Comprend qu'elle est peut-être bien pour quelque chose dans cette aggravation du mal. Souffre. Elle ne peut rien pour lui. Elle reste assise sur la paillasse, dos au mur, le grand corps lourd de Jacquot lové dans ses bras, la tête abandonnée sur son sein. Elle se fait l'effet d'être la Mère des mères au pied de la croix. Accablée pour une part du calvaire de son frère, bienheureuse de l'autre, car elle ne se contente plus de croire, mais sait qu'il y a un au-delà au calvaire et à la douleur. Que cet au-delà a un nom. L'amour, pour cet autre rencontré au hasard, qui ne nous doit rien, à qui on ne doit rien, qu'on reconnaît et désire absolument, qui justifie tout. Daoud.

Avec le printemps arrive à Paris la nouvelle du retour de Colomb, débarqué à Lisbonne le 4 mars 1493. Daoud l'apprend en même temps que tout le monde. Colomb a dû trouver sa lettre à Cadix.

Daoud est bien content. Il attend avec impatience des nouvelles de l'amiral, en tout cas c'est ce qu'il dit.

Chaque matin, Marguerite se convainc que lorsqu'elle se rendra pour sa course à l'apothicairerie, tout à l'heure, le parrain lui apprendra que tout est fini, que Daoud est parti.

Mais les jours passent, et chaque jour elle est éblouie quand, pénétrant dans l'apothicairerie, elle le voit qui prépare les tisanes au fond de la boutique. Et lui qui la guette. Ils se sourient, mais pas trop grand, qu'on ne les remarque pas. Mais quelle joie ils ont. Et puis elle fait comme si tout allait son train normal. Mais où est son lot de minium ? Où est le bel orangé, vif, à base de blanc de plomb chauffé, qu'elle achète tout prêt, car il est dangereux à produire, tout comme le vermillon, extrait de cette terre prise au rivage de la mer Rouge. « Pour le minium attends demain. Le petit peu qui me reste ne te rendrait pas justice, dit le parrain.

— Oh oui, je reviendrai demain. »

Ce n'est qu'au milieu de l'été, par un après-midi de jour chômé, alors que Marguerite donne à Daoud, chez son parrain, sa fameuse leçon de français de Paris, prétexte à tant de sous-entendus, d'éclats de rire, que quelqu'un en bas, dans la rue, frappe sur les vantaux posés. Le parrain descend, et remonte de la boutique à son logis avec une lettre, adressée à « Giovanni le Toscan », chez l'apothicaire sur le Petit-Pont près de Notre-Dame.

Il tend la lettre à Daoud, qui la tend à Marguerite, qui ne veut pas la prendre. Elle quitte la place qu'elle occupait auprès de lui, s'éloigne, va à la fenêtre et pose ses yeux sur la Seine. *Fleuve avale-moi.*

Daoud lit la lettre à haute voix, la traduit à mesure. Colomb écrit qu'il est trop tard pour que le jeune homme le rejoigne, qu'il repart bientôt déjà. Mais que Daoud n'en doute pas, le troisième voyage sera le bon. Il le promet. La prochaine lettre sera la bonne.

Marguerite entend dans son dos Daoud qui dit : « Je ne pars pas, pas encore, pas cette fois. »

Elle a eu si peur. Les jambes lui manquent. Elle se rattrape au rebord de la fenêtre. Sans se retourner, d'un mouvement du bras, elle interdit à son parrain ou à Daoud de venir la soutenir. Lorsqu'elle leur fait face à nouveau, elle voit que les grands yeux noirs de Daoud sont embrumés aussi. Il se détourne d'elle. Et elle de lui. Elle regarde à nouveau le fleuve.

Le parrain reste là, entre les deux qui se tournent le dos.

Il est l'aiguille qui marque l'égalité sur le fléau de la balance à peser les remèdes.

De remède, dans cette affaire, il n'y en aura pas.

Marguerite prend sa place au banquet de mariage de sa jeune cousine, la fille du boucher. L'élue est très émue. Le rouge ne quitte pas ses joues. Marguerite voudrait la serrer dans ses bras et dire au mari : « S'il te plaît, ce soir prends soin d'elle. Attends peut-être qu'elle soit endormie, sa conscience engourdie, attends l'heure quand elle n'aura plus idée ni de son nom, ni de celui de la pudeur. Approche-toi très doucement d'elle, ton désir est précieux, nourris-le, confonds-le avec elle qui te l'inspire. Laisse-lui le temps de nourrir son propre désir. La prochaine caresse ? Elle voudra d'elle-même qu'elle aille plus loin. »

On passe à table, prend place sur les bancs. Autour de Marguerite, les hommes célibataires se poussent du coude plus ou moins ouvertement pour s'asseoir à ses côtés. Elle n'a pas faim. À la bouche, que du dégoût.

Elle s'assoit instinctivement à côté d'une

femme. Un parcheminier juré vient se caler sur sa droite. À l'heure du poulet, pilon rôti en main, il s'offre sans détour de devenir son mari. Il faut qu'elle sache que ses revenus s'élèvent à tant d'écus d'or, qu'étant veuve ce sont des choses qu'elle peut entendre sans rougir, et dire sans barguigner ce qu'elle attend de lui, il répondra. Elle le remercie et lui demande un peu de temps pour réfléchir à la proposition générale avant de penser les aspects sonnants et trébuchants de l'affaire. Elle se tourne vers sa voisine de gauche. De ce côté, elle aura la paix. Mais à peine la première phrase de courtoisie échangée, la commère lui vante les mérites de son fils, dont la jeune épouse vient de mourir en couches. La famille possède un atelier d'enluminure bien connu aussi de la Cité, en grande concurrence avec celui de Marguerite. L'alliance de leurs deux maisons tombe sous le sens, dit la commère qui, Marguerite le réalise, n'a aucun doute sur le fait que la jeune enlumineresse s'est assise à côté d'elle dans la seule intention d'évoquer une alliance censée la travailler autant qu'elle démange la potentielle belle-mère.

Plus on veut la ferrer, plus la jeune femme s'émerveille de l'incongruité de la présence de tous ces gens échauffés et bruyants autour d'elle, étrangers, superflus, quand il n'y en a qu'un d'essentiel. Absent.

Marguerite, assise à la table bruyante, croulant

sous les victuailles, les nappes déjà salies, s'imagine dans le plus grand silence frapper à la porte de la petite mansarde au-dessus de la chambre du parrain, dans la belle robe de moire cuivrée qu'elle porte ce jour-là. Cette image, comme elle saurait la peindre. Comme elle saurait peindre cette femme qui frappe à la porte, poing serré émergeant de la manche au revers ample doublé de gris. Comme elle saurait rendre le duveteux argenté de la fourrure.

Le parcheminier la serre de plus près, lui souffle dans le nez.

De l'autre côté, la bavarde veut capter son attention, la soustraire au manège de son rival.

La nourriture est riche, épicée, le vin abondant, parfumé. Marguerite boit du bout des lèvres, observe autour d'elle les paupières et les voix qui s'alourdissent, les rires qui s'aiguisent, les désirs qui transpirent des yeux, des pores.

Tout ce temps, la mariée reste droite, sobre, pâle, quand tout le monde autour d'elle plie, succombe les joues grasses et en feu. Elle sourit poliment à tout, à tous, le regard vague. Qui rencontre celui de Marguerite. Allez savoir pourquoi, c'est le signal.

Devant l'église Saint-Jacques, Marguerite s'enveloppe dans sa pelisse, amorce le pont Notre-Dame, passe devant l'enseigne de l'atelier À L'Étoile d'or sans s'arrêter, traverse l'île de la Cité comme toujours elle a fait mais, cette fois, c'est pour aller quérir ce qui lui appartient, son bien, sa vie même. Elle arrive à hauteur de l'Hôtel-Dieu, l'apothicairerie est tout près, elle y sera bientôt.

Dans son livre d'heures ? Aplat de couleur orangé, sanguine. Est-ce une couleur intérieure ? Celle du ciel ? Le tableau du soleil couchant sur la Seine ce jour-là ?

L'apothicairerie est fermée, bien sûr, c'est jour chômé, d'ailleurs le parrain est au banquet. Les vantaux sont posés. Marguerite sait la manière d'entrer. Elle monte vers la mansarde suspendue au-dessus du fleuve que s'est aménagée Daoud. Elle n'y a jamais pénétré. Elle frappe. C'est le tableau qu'elle peindra.

« Entrez. » La voix de Daoud marque de l'étonnement. Il a reconnu son pas. Elle entre, referme la porte derrière elle.

Daoud est assis à sa table, occupé à copier son herbier pour un bourgeois qui le paie fort bien pour cela. Il reste là, à la regarder, pinceau levé. Il est en chemise, une houppelande brochée sur la poitrine.

Marguerite s'avance de quelques pas vers lui qui reste immobile et muet. Elle laisse couler sa pelisse, se met à genou. Et attend. Elle ne prie pas. Elle attend.

Il réalise. Il ne rêve pas. Il se lève et vient s'agenouiller, face à elle.

Il la goûte déjà des lèvres, ne croit pas sa chance, murmure des mots dans sa langue. Elle a la présence d'esprit de dire encore : « Cette lettre, quand tu la recevras, il faudra me le dire. Il faudra partir, trouver le courage. » Il bâillonne sa bouche d'une main qu'elle embrasse, de l'autre libère ses cheveux.

Et ils conversèrent charnellement.

Plus rien ne lui manque.
Plus rien ne leur manque.

Marguerite ose coucher la vie de l'Infidèle dans son livre d'heures, écrire son amour pour lui au milieu des prières sacrées.

Elle craint de tomber enceinte. Elle ne demande pas à son parrain de recette, de *truqs*. Elle se débrouille seule. Jusque-là, tout va bien. Elle n'a pas eu à confronter la chose. Peut-être est-elle bien stérile, après tout. L'affaire serait grave si elle attendait un enfant. Elle n'avorterait pas. L'avortement, qui prive les potentiels petits non baptisés du paradis, est chose abominable avec laquelle ces messieurs laissent se « débrouiller » les femmes, mais malheur à elles si elles sont prises. On les brûle vives. Et puis comment pourrait-elle renoncer à un enfant de lui ?

La réputation de sérieux de la jolie veuve, entrée en enluminure comme on entre au couvent, la protège, les protège. Marguerite est connue pour avoir été sage en mariage. Et avant même. Seuls son père et Jacquot pourraient encore témoigner qu'elle a rougi devant Pic de La Mirandole, fantasme d'homme pour jeune fille, un fantasme que Marguerite a en son temps méthodiquement poursuivi, excité. Ces folies et illusions d'amour aussi créatives, puissantes qu'elles les aient rêvées, lui apparaissent si plates et pauvres aujourd'hui au regard de la passion qu'elle vit en vérité. « D'Héloïse et Abélard, écrit Marguerite, j'entends maintenant les grandes joies, le fol désir. »

Si les gens savaient. Seul Jacquot sait, a compris, ce qu'il ne peut ni dire, ni écrire. Peu lui importe ce qui passionnerait les autres : où, comment, qui elle aime. Lui tout ce qu'il voit, ce qu'il sent, c'est que Marguerite est perdue pour lui. Autrefois, ils étaient deux au bord du monde. Aujourd'hui, Marguerite est fondue dedans. Oh ! bien sûr, quand il tombe, elle est là. Quand il meurt, elle est là, mais revenir à quoi si elle n'y est plus pour lui ?

L'amour de la veuve Marguerite et de Giovanni est scandaleux.

Celui de Marguerite et Daoud est infâme.

On croit au Moyen Âge qu'il en va des femmes et des hommes comme des couleurs. On peut porter une robe rouge avec un manteau bleu ceinturé de vert sans qu'on n'y voie rien à redire. Mais fondre les couleurs ? Les fondre l'une dans l'autre ? Broyer leurs pigments ensemble ? À moins d'être gueux, à moins d'être fille exaspérée des méchancetés de sa mère… Mélanger les règnes ? Mêler les genres, brouiller l'ordre de la Création de Dieu ? C'est un scandale, une folie, c'est infernal, comme blanc pur rayé de jaune sale. Comment une chrétienne et un Maure pourraient-ils ne faire qu'un ? Aime-t-on les crapauds, les hyènes, les guêpes à la robe tachée ?

Pourtant, comment douter qu'elle et lui ne sont qu'un ? Dans les bras de son ami, étranger et Infidèle, elle est chez elle, goûte une félicité dont elle n'avait pas idée qu'elle puisse être de ce monde autrement qu'en peinture.

Dans sa dernière lettre à Daoud, l'amiral écrivait que les terres qu'il avait découvertes, consacrées à Dieu et aux majestés d'Espagne, étaient fertiles, que les fleurs, les oiseaux y vivaient en abondance et étaient de sortes si merveilleuses que l'imagination même la plus libre n'aurait su les concevoir. Épices, coton, gomme, bois, minerai, la nature y avait pourvu à tout. L'île espagnole était une véritable merveille, la terre en était si grasse qu'elle promettait les plus belles récoltes, les plus beaux troupeaux.

« Quant aux ports de la mer, on ne saurait me croire sans les avoir vus. Il y a beaucoup de grandes rivières, dont l'eau est excellente ; et la plupart d'entre elles charrient de l'or. Les habitants de cette île vont tous tout nus, les hommes aussi bien que les femmes, tels que leurs mères les ont mis au monde. » Colomb conclut en répétant encore que l'art de dessiner et de peindre de Daoud trouvera là la plus belle manière de briller. Qu'il se tienne prêt.

Daoud a-t-il le choix d'un autre rêve ?

« Oui, quand tu recevras cette lettre, la prochaine fois, au troisième voyage, il faudra me le dire. Je te donnerai le courage de partir. »

Femme, ne fais pas la bête, laisse-le aller

Marguerite s'adjure, quand cette lettre de Colomb donnera le signal, d'obtenir de Daoud qu'il parte. Elle s'exhorte, « Femme, ne fais pas la bête, aime, aime assez pour le laisser aller ».

Parfois, Daoud doute qu'il en aura la force. Aimer lui a fait perdre le goût du voyage, ou plutôt lui a donné le goût de préférer celui qu'offre l'amour à tous les autres.

Quand ils en sont à parler de cela, Marguerite lui remontre qu'une vie digne de lui est là où il n'aura pas à vivre caché. À cela il répond que les missionnaires ont déjà débarqué aux Indes.

« Tant qu'à vivre dissimulé, que ce soit à tes côtés.

— Tu dois essayer. Et renoncer peut-être. Mais tu dois essayer. Un jour ou l'autre, nous nous maudirions de ne l'avoir pas fait. Et puis une fois installé, tu m'écriras, et si Jacquot devait me quitter, je viendrai te rejoindre, mais pour l'heure, quand cette lettre viendra, il faudra partir. »

Le disant, ses forces la quittent, elle s'adjure, « Femme, ne fais pas la bête, aime, aime assez, et laisse-le aller ».

Marguerite se giflerait parfois de souhaiter que Colomb sombre au large du Nouveau Monde, que jamais il ne revienne, que jamais il n'écrive cette lettre, et que toujours elle puisse vivre idéalement. Idéalement, c'est avoir son ami près d'elle, et ses yeux piqués d'or dans ses yeux, et sa peau de soleil plaquée contre le marbre blanc de sa peau à elle, et sentir, sentir le timbre de sa voix résonner dans la coupe de son ventre où *il aime sa teste reposer*.

Marguerite a découragé quelques bons partis. Elle ne pense pas démériter pour autant de l'atelier, elle travaille avec exigence, y met tout son talent, mais puisque Daoud partira, elle veut n'être qu'à lui le temps qu'il est là. Elle est jeune encore, il sera bien temps de se marier, après, après l'impensable.

L'impensable advient par un autre chemin, sous les traits d'un voisin, un prétendant, imprimeur de son état, qui a décrété que le butin que Marguerite incarne si joliment lui revient. Lassé d'attendre, l'homme qui a peut-être un peu bu, se sentant dédaigné, s'assure, un dimanche, que Marguerite est seule au logis, et s'infiltre dans la maison.

Elle peint dans sa chambre. Il y entre sans prévenir, et d'emblée se montre violent. L'homme est grand, fort, il est habitué à ne rien craindre, ne rien devoir, à exiger. D'emblée, il lui déclare qu'il la veut, qu'il l'aura, qu'il en a assez qu'on se joue de lui. Il s'excite à son refus. Elle fuit. Il la poursuit dans l'escalier, elle tombe.

Il aurait fini de l'assommer, l'aurait violée là si Jacquot n'avait surgi et sauté sur le dos de l'homme.

De son côté la mère, qui se rendait à une petite messe, venait de rebrousser chemin. Elle avait oublié son psautier.

Aux bruits de lutte et aux cris, elle était accourue, s'était jetée dans la mêlée sans penser, sans crier, agrippant, griffant cet homme qui la flattait depuis des mois à coups de cadeaux et de compliments pour mieux se gagner sa fille. Qu'il prétendait avoir la liberté de massacrer ?

La confusion est terrible dans le boyau de l'escalier à vis. L'homme tape comme un sourd, à coups de poing, coups de pied, se débat et fuit enfin, les laissant tous les trois entassés comme un seul corps, comme autrefois, endolori, soulagé.

Marguerite ne donnera pas de suites policières à cette affaire, pas plus qu'elle ne dira la vérité à Daoud sur les trois semaines qui s'écouleront sans qu'elle le voie. Couverte de contusions, et ses côtes cassées, il aurait fallu donner des raisons, mentir, il aurait compris. Elle aurait craint qu'il ne cherche à la venger. Elle invente une maladie contagieuse le temps de se remettre.

La mère ne se remet pas, elle. Dans la bagarre, elle a reçu un mauvais coup à la mâchoire. Un abcès se forme. Elle garde le lit. Le parrain, le médecin la veillent, la soignent. L'abcès s'épure et se remplit, s'épure, se remplit.

Elle perd ses dents. Ses gencives fondent. Les dents qui ne tombent pas d'elles-mêmes, le chirurgien les arrache. Les plaies ne se referment pas. La mère déglutit son sang, c'est sans fin. La fièvre est plus ou moins intense, la laisse plus ou moins consciente.

Marguerite installe son lutrin à son chevet. Elle travaille près d'elle, s'interrompt pour lui donner sa bouillie ou à boire. Sans rancune. Aucune. Plus de reproche, plus de plainte.

La mère parle mal, déforme le nom de sa fille, saigne en le disant, balbutie dans sa fièvre des histoires incompréhensibles, dont Marguerite ne saisit que le fond. Ce fond parle d'elles, mère et fille, et le ton est tendre. Et les yeux de la mère tournés vers elle sont tendres. Améthyste rouge et blanc de plomb pur. Mère, mère. Marguerite est captivée par ce regard maternel posé sur elle. Il lui a tant manqué. Elle veut fixer ce regard, le garder toujours, le dessiner. Ayant entrepris de le faire, elle peint de très près les yeux, le regard de sa mère, elle peint en peintre, travaille, concentrée, tandis que celle qui aura tant bataillé pour lui arracher ses pinceaux, l'engage maintenant à continuer, elle bredouille : « Fais, fais. »

Daoud et Marguerite ont renoué avec leurs rendez-vous. Ils cachent leur liaison avec la complicité du parrain. Il sait tout de l'ardeur qui sous-tend leur amour, qui, de rendez-vous en rendez-vous, se consume et refleurit, se consume et refleurit.

Les jours chômés, quand la voie est sûre, il accueille leurs *jointes folies*, et tremble. Si leur liaison est connue, l'attention sera portée sur Giovanni. Sa vraie identité tôt ou tard percée à jour. Tous les trois seront perdus.

À l'apothicairerie, les deux amants ne s'adressent la parole qu'autant qu'ils le doivent et de la manière, ni plus ni moins, qu'ils s'adressent aux autres. Ils évitent de croiser leur regard, se frôlent, sans rien laisser paraître de leur trouble. C'est un jeu, enivrant.

Les jeunes gens ne se voient pas si souvent qu'ils le voudraient. Ils se retrouvent les jours chômés, pas tous.

Aussi le désir de l'autre ne les quitte-t-il jamais.

Le mal de la mère empire.

La couleur noire est réservée à l'écriture. On écrit noir sur blanc, est-ce une raison d'en avoir peur ? Certainement. Ce qui n'empêche pas Marguerite de rentrer de l'apothicairerie du parrain la besace pleine de sarments calcinés. Elle monte à la salle des broyeurs.

« Comment va ma mère ?

— Mal.

— Non, laissez, je veux le faire. »

Elle pose un sarment sur la pierre et le broie, verse dessus un peu d'eau de pluie, broie encore, broie le noir aussi loin qu'elle a de temps devant elle, de force et de volonté. Plus elle broie, plus le noir sera bon.

Quand elle est fatiguée, Jacquot prend le relais. Marguerite va voir sa mère. Elle dort. Elle revient et regarde faire son frère, déjà épuisé. Elle l'aide à s'asseoir sur sa paillasse, l'embrasse et le remplace, elle broie le noir tout en songeant au prochain jour chômé, quand, dans son livre, elle posera sur ce noir de vigne une couche de laque rouge, de cette laque issue du premier suc de la dernière livraison de bois de braise qu'elle a mis à macérer. L'idée qu'elle s'en fait est déjà là, tout arrêtée dans sa tête.

Quand le noir est assez noir pour que la lumière n'y trouve plus aucune matière à jouer, sauf à faire miroiter quelques beaux reflets bleus, des mirages, du bout de sa lame, elle ramasse le noir et l'enferme dans une fiole.

De ce noir, elle pourra dire qu'elle l'a vu naître.

L'histoire a sa loi. Il faudra aller jusqu'au bout de ses raisons pour voir le bon qui peut-être en jaillira. Mais pour commencer, la mère doit mourir. Elle part dans son sommeil au début du printemps.

Jacquot la remplace, s'assoit dans son fauteuil, devant l'âtre froid de l'été.

Le père est à l'imprimerie, content, il faut bien l'avouer, du train de ses affaires.

Marguerite est désormais seule maîtresse à bord, au logis comme à l'atelier.

C'est au lendemain du décès de la mère qu'elle fait relier son livre d'heures.

C'est un in-folio, soit une peau repliée sur elle-même, une fois. Un doigt d'épaisseur. La reliure est de veau brun, les ais décorés sur chaque plat d'un double encadrement de filets à froid, composé de feuilles et de fleurs. Ces feuilles de chêne, stylisées, sentent encore le château fort, mais le raffinement, la souplesse du trait fleurent la Renaissance. Marguerite en est contente. Elle n'a pas terminé de peindre ou d'écrire encore tout ce qu'elle a à dire dans ce livre. Mais il existe désormais, pourrait se passer d'elle.

Elle est peintre, reconnue, célèbre à Paris, jeune et jolie veuve. Tel grand seigneur veut en faire sa maîtresse. C'est la nouveauté de ce début d'été de 1496. Ce jeune duc qui envoyait jusque-là son clerc pour régler ses commandes est passé un jour par exception et revient souvent depuis. Marguerite est tranquille. Le babil de l'homme ne la touche pas, ne pèse rien, elle, elle pense, rêve, attend de voir Daoud, tout le reste est écume. Sauf que ce matin-là, le jeune seigneur, qui parle et parle et varie le sujet pour attirer son attention tandis qu'elle peint, dit que depuis la veille au soir se raconte à Paris que Colomb est de retour de son deuxième voyage. Il aurait débarqué en Espagne, à peine descendu du bateau il serait entré en disgrâce. Il aurait ramené des esclaves des Indes dont beaucoup seraient morts à bord. Isabelle la Catholique lui en tiendrait rigueur. Voilà Colomb accusé d'avoir maltraité des sujets de Leurs Majestés.

Là-dessus, Marguerite s'excuse, elle a un besoin urgent de pigment pour terminer son ouvrage, elle doit courir chez l'apothicaire.

Elle craint le pire, craint que cette lettre ne soit arrivée.

Daoud n'est pas à la boutique.

Elle avale les marches qui montent à la mansarde, ouvre la porte sans frapper, Daoud a reconnu son pas, la cueille dans ses bras.

« Oui, je sais, Colomb a débarqué. Non je n'ai rien reçu. Viens, viens ! »

Ah ! comme ils s'étaient bien aimés ce jour-là.

Marguerite a beau s'interdire de le souhaiter, elle souhaite que Colomb reste en disgrâce. Et puis s'en veut. De ne pas voir plus grand pour son amant. Comment pourrait-elle se résoudre à ce que Daoud soit condamné à vivre et vieillir dans la mansarde sur le Petit-Pont, prisonnier d'un faux nom. Prisonnier. *Femme, ne fais pas la bête…*

Ils s'aiment, sont en sursis comme tous ceux qui s'aiment, et sont violemment heureux. Ils font des réserves, en attendant cette lettre qui tranchera dans le vif.

Quelques mois passent et la nouvelle parvient jusqu'à Paris que Colomb serait rentré en grâce, qu'il songerait à repartir.

Daoud n'écrit pas à l'amiral pour se rappeler à son bon souvenir. À ce qu'il semble. À ce que sait Marguerite. Il attend. Ils attendent.

C'est mardi gras. Jour chômé, c'est ce qui compte. Daoud attend Marguerite, c'est ce qui compte. Et que Marguerite se prépare à le rencontrer. Elle a pris un bain au lait d'amande, brossé longtemps ses cheveux semés de poudre d'iris en pensant à son amant, et qu'elle est la plus heureuse du monde. Elle a passé chemise et robe. Nul besoin de corset ou chaperon aujourd'hui, juste ce qu'il faut, rien de plus, se vêtir, pour être dévêtue. C'est carnaval, personne n'aura rien à y redire. De la foule en délire qui défile sur le pont, elle sera encore la plus décente de tous. Elle passe sa pelisse, dissimule son visage et ses cheveux laissés libres sous le capuchon, et se jette dans le flot de gens, pour qui ce jour-là outrance fait loi.

C'est la première fois qu'elle se retrouve au cœur du carnaval. Elle n'y a jamais participé. C'est trop de confusion pour elle. La messe du dimanche lui est assez de foule pour la semaine.

Elle préfère d'habitude observer le défilé du carnaval depuis l'étage de sa maison. Ce n'est pas qu'elle méprise cette fête, c'est qu'à force d'être outrée, Marguerite la trouve triste.

La rumeur a couru que le pont Notre-Dame serait interdit de passage à l'occasion des festivités de cette année. Le pont serait branlant. Des lustres qu'on le dit. La Prévôté a finalement décidé qu'on verrait plus tard à réparer ce qui devait l'être, sans faute, mais que pour l'heure on pourrait l'emprunter. Le message a été bien reçu, il semble à Marguerite que le pont n'a jamais été aussi fréquenté. Impossible malgré sa hâte de se frayer un chemin dans la foule tant elle est dense. La presse est telle c'est à croire que tous ceux qui ne sont pas dans les tavernes à boire et ripailler sont dans cette rue de la lanterne pour jouer *cymballe, fluctes et farces*. Elle ne peut plus avancer. À peine bouger. Des hommes agrippent sa pelisse, veulent arracher son capuchon, voir son visage, si elle est fille ou garçon.

Dix jours qu'elle n'a pas embrassé Daoud, qu'elle ne l'a pas chevauché, dix jours qu'elle n'a pas pris sa tête chérie entre ses mains, plongé ses yeux dans ses yeux, dix jours qu'elle a faim.

Le chahut est tel que sa tête est comme confite de ces grelots qu'agitent les gens pour signifier aux âmes des morts d'aller se faire voir chez le Bon Dieu ou en enfer, pourvu qu'ils laissent les vivants à leurs affaires. Elle veut qu'on la laisse passer.

Beaucoup de gens, femmes et hommes, sont masqués. Ils se rendent, pour ceux qui savent encore leur chemin, à une de ces momeries. Ils y danseront et ripailleront encore à grand renfort de viandes grasses, de vins et d'eau-de-vie.

Marguerite avance à tout petits pas, s'extirpe des bras de ceux qui veulent la retenir. Elle mordrait pour qu'on la lâche. Quelqu'un tire encore son capuchon, elle se défend, se débat. C'est un apprenti de l'atelier. Il est soûl, pas suffisamment pour ne pas la reconnaître. Trop pour s'excuser. Il voit ses cheveux défaits. Il avance la main pour les caresser. C'est carnaval. Elle le laisse faire. Il la libère.

Elle passe le carrefour de la rue Neuve-Notre-Dame.

Enfin, elle parvient au seuil de la boutique. L'un des vantaux n'a pas été fixé à son attention. Vite elle entre, repousse un homme ivre qui l'a suivie, referme, verrouille.

Elle sourit déjà, suppute les caresses qu'elle va donner, recevoir, là, quelques secondes plus loin, quand, contrairement à d'habitude, son parrain entrouvre la porte à son passage.

Elle est arrêtée net dans son ascension.

Il lui souhaite simplement le bonjour, gravement.

Il n'exprime rien d'autre que ce salut.

Mais son regard a prévenu.

Marguerite frappe, entre chez Daoud, qui ne se précipite pas bras ouverts vers elle, désirant, jouissant même déjà, comme les autres fois.

« Tu as reçu cette lettre ?

— Non.

— Tu as reçu cette lettre. Montre-la-moi.

— Non.

— Tu l'as reçue ?

— Oui.

— Alors c'est dit. Bon voyage mon amour. »

Je t'ameray, quoy qu'il aviegne, trés doulx ami, or t'en souviegne.

C'est sur ces vers de Christine de Pisan, c'est avec les mots d'une autre, que Marguerite referme la porte sur Daoud, parce que de mots à elle, elle n'en trouve pas.

Marguerite écrit qu'en redescendant, elle a la force d'articuler à son parrain qui la guette de derrière sa porte entrouverte : « Vous me ferez prévenir quand il sera parti. Je ne reviendrai pas d'ici là. J'enverrai l'apprenti prendre les commandes. Priez pour moi, parrain, priez pour moi. »

Marguerite remonte le *cardo maximus* vers le nord.

Elle n'a qu'une idée en tête. L'atelier. Comme un phare. Quelque chose. Peindre. Reste la lumière, la couleur. Peindre. Combien de temps lui faut-il pour remonter cette foule, combien de bras la harponnent, la poussent, la tirent, combien de bouches l'embrassent ? Le fond de vie qui lui reste lui laisse juste assez d'énergie pour résister au flot de gens avinés, en délire, qui veulent l'entraîner dans les rues adjacentes. Elle tient bon, ne dévie pas, vise l'enseigne qui bat au vent, là-haut.

Sur le seuil de l'atelier. Jacquot l'attend.

Du frère, abîmé par la succession des crises, de la sœur, qui soutient l'autre ce jour-là ?

Marguerite verrouille derrière eux. Ils montent tant bien que mal jusqu'à la salle des broyeurs, où Jacquot dort toujours bien qu'il ne broie plus. Il ne range plus au matin sa paillasse non plus. Il passe ses journées affalé dessus. Marguerite s'y assoit la première. Dos au mur.

« Jacquot, je dois peindre. » Et disant cela, elle lui ouvre les bras. Il vient s'y blottir.

Et ils restent là.

Le fleuve d'un côté.

Le chahut du carnaval de l'autre.

Peindre

« Carnaval de l'an 1498. J'ai trente ans. Mon ami me quitte au midi de ma vie. »

Marguerite ne supporte l'absence de Daoud qu'à condition de se le représenter occupé à dessiner les contours de nouvelles terres, de nouvelles routes, libre au cœur de forêts grandioses. Les fleurs embaument, sont géantes, éblouissantes leurs couleurs.

« Mon frère a pris mon mal, se meurt de ma peine et regarde venir la mort en pleine face. Je sais bien ce qu'il lui dit, il lui dit "Mort, regarde-moi, ne la regarde pas elle". »

Entre l'évocation du paradis terrestre où Marguerite rêve son amant et cette phrase où on apprend que Jacquot se meurt, il y a, dans son livre d'heures, deux millimètres d'espace exactement, ni plus ni moins qu'entre tous les mots que la jeune femme a calligraphiés serré sur cette page.

Mais peut-être qu'entre ces deux millimètres, un ou deux mois ont passé ?

Deux millimètres plus loin encore, comme si tout était égal à tout, indifférent, Marguerite écrit : « S'il faut se marier, pourquoi pas avec Antoine ? »

C'est abrupt ? Brutal. C'est qu'elle n'a plus ni les moyens ni le temps d'être tendre.

Elle écrit que l'homme est « assez laid de visage, et boiteux, mais brun de peau, noir de cheveu, et de grande stature ».

Marguerite a une grossesse à cacher. Sans doute a-t-elle été moins prudente les derniers temps dans les bras de son amant. Elle ne fera pas « passer » cet enfant de lui. Elle ne le donnera ni aux nonnes, ni à personne. Elle va se marier. Il le faut, et vite.

Marguerite ira voir cet Antoine. Assez laid de visage peut-être, mais qu'elle connaît depuis toujours, qui a son âge, qui est franc, a de l'esprit. Libraire et imprimeur, il est rigoureux, ambitieux, bon commerçant aussi. Il sait se faire payer par avance des charges engagées au fil des longs mois que durent la fabrication et l'écoulement des livres. À cette étape-là d'autres se noient. Pas lui. L'association de leurs deux imprimeries, de leurs clientèles, de leurs ouvriers n'assurerait-elle pas l'avenir de leurs deux maisons ?

Il a son logis et sa boutique rue Neuve-Notre-

Dame, et une autre dans la galerie marchande du palais de la Cité, en face de la Sainte-Chapelle.

Il imprime des ouvrages de médecine et ces nouvelles cartes du monde, où s'est perdue la trace de Daoud… *or t'en souviegne.*

Décidément, elle ira le voir, parce qu'en dehors de ses caractéristiques physiques qui lui sont agréables parce que nécessaires, en dehors du fait qu'elle gage qu'il ferait un bon père, que l'avenir de l'atelier se trouverait assuré par la même occasion, elle a une intuition. S'il n'est pas encore marié, s'il ne cherche que si mollement à l'être, n'est-ce pas qu'il a lui aussi un amour à cacher ? Une amante ou un amant inavouable ? Marguerite n'a pas besoin de le savoir.

Elle se fie à la franchise de cet homme pour ce qui la regarde. Elle posera les termes de son contrat « en amitié ».

S'il refuse ? Elle parie qu'il aura la délicatesse de garder de sa visite le secret.

Elle le convainc. Lui et elle passent un pacte. Ils se marient, aussi promptement qu'il est possible. Ils se connaissent depuis toujours. Le temps du deuil de la mère vient juste de passer. Jacquot est bien malade. L'un dans l'autre, ceci semblant expliquer cela, on ne s'étonne pas, sur l'île de la Cité, de l'alliance de ces deux maisons, de ces deux originaux peut-être, mais renommés en leurs métiers. On dira : « Antoine a attendu tout ce temps que la belle se décide, on la sait difficile… » On dira ce qu'on voudra.

Comme lors de ses premières noces, Marguerite consigne dans son livre une liste de meubles et de coffres, qu'elle fait transporter à quelques centaines de mètres de là, rue Neuve-Notre-Dame. Car, cette fois, c'est elle qui déménage chez son époux, bien qu'elle n'y vive pas à temps complet dans les premiers temps. Elle prend soin de Jacquot, qui ne quitte plus la chambre.

Dépendant de l'état de son frère, elle rejoint ou non le logis de son époux, qui se réjouit sans borne de l'enfant à venir, aux alentours de Noël.

Aplat de couleur d'un bleu très pâle. Dans le cartouche au cœur de la page est inscrit : « Sainte Vierge Marie, bénie entre toutes les femmes, accueille Jacquot, mon frère, ma part d'homme, mon ange, dans ton paradis. »

Sur la page suivante, tableau chiné de mots noirs sur blanc où, à la suite d'une prière, on peut lire : « Noël. Hier, ai engagé deux nouveaux apprentis pour le temps de troys années entières. »

Sur la page suivante encore, aplat de couleur, où l'on se sent à le contempler comme encapsulé dans un bouton d'or, au bord de toucher son satin éblouissant et moiré. Au cœur de la page, un cartouche, où Marguerite a écrit : « Cette nuit du vingt-huitième jour de décembre de l'année 1498, une fille m'est née, Marguerite. »

Les pleurs et les rires sont chez les mères qui viennent d'accoucher souvent mêlés. Marguerite rit et pleure beaucoup quand, délivrée, la matrone lui tend son enfant. Violet des traînées de son sang à elle, très blanc de peau, noir de cheveu, bleus ses yeux grands ouverts sur elle, la mère. Et un tableau ne pourrait pas marier les contraires ?

Elle envoie un mot à cette adresse de Cadix, pour annoncer la bonne nouvelle ; elle, n'en a reçu aucune ces huit derniers mois. Cette indication vient conclure une page exclusivement consacrée à l'écriture, noir sur blanc, une écriture serrée, précise. Horlogerie.

Au dos, nouvel aplat de couleur gris pâle, veiné de vaguelettes d'or. Une onde, comme éclairée de dessous.

Marguerite est bien occupée entre les soins à la petite, la gestion de sa maison et de son atelier d'enluminure. Sans compter qu'elle doit assister son père à l'imprimerie quand il la sollicite, ce qui est souvent.

La béance ouverte par la mort de Jacquot est comme comblée par l'enfant. Journée faite, Marguerite court retrouver sa fille au logis de la rue Neuve-Notre-Dame, qui se trouve être à mi-chemin exactement entre l'atelier et l'apothicairerie. Elle court vers elle, comme elle courait rejoindre Daoud. Même hâte, même désir, certes pas de même nature, mais tout aussi impétueux, absolu. Même envie de toucher, de serrer contre soi, de se réunir. Elle court sous une pluie battante, car il pleut depuis une semaine sans discontinuer. Le fleuve monte, bat les piliers du pont Notre-Dame. Le ciel est noir. Elle s'est usé tout le jour les yeux à une mauvaise lumière. Mais rien ne compte plus désormais que l'enfant qu'elle va retrouver, au point que s'échappent parfois de sa gorge, en même temps que le lait dont elle nourrira sa fille tout à l'heure, d'irrépressibles convulsions de plaisir à l'idée que la petite sera bientôt blottie dans ses bras.

Marguerite monte les marches. L'enfant a reconnu son pas, pleure, crie, réalise son absence à l'heure où elle revient. Quand sa mère la soulève de terre, la petite oublie l'absence, le retour, est toute à son rire, à sa joie, qui comble la mère, qui la comble oui, autant qu'à coucher dans son livre d'heures une bonne et riche couleur.

Elle observe cette enfant grandir, comme elle observait autrefois l'ouvrier mélanger le rouge hurlant de la pierre au blanc de plomb pur.

« Mais pourquoi tu pleures ? » lui demande son époux, qui les a rejointes. La jeune mère allaite, sourit, secoue la tête. Elle ne répondra pas, elle aurait bien les mots aujourd'hui mais…

Elle a cherché un autre prénom à donner à la petite que le sien, mais aucun ne lui est venu. Loin d'elle l'idée de se confondre avec elle. Leurs différences sont peut-être même la source première de son émerveillement, ces cheveux noirs, et ce regard, tout autre, que l'enfant aussi petite qu'elle soit pose sur les choses et les gens. Elle babille sans cesse et rit, elle est si joyeuse. « Comme moi », dit l'époux qui ne l'a pas engendrée ! Et il dit vrai. On dira : « Marguerite la jeune », « Margot », qui gazouille déjà, « papa », « maman », « Babot ».

Marguerite se voit vivre vieille. Il le faut. Elle y parviendra, avec ou sans nouvelles de Daoud, sans Jacquot. Grâce à cette enfant, elle veut bien maintenant.

Le 25 octobre 1499, tôt le matin, un maître charpentier, soit que quelqu'un l'ait fait prévenir, soit que lui-même ait entendu le pont gémir, réalise ce qui va se produire. Cette fois, l'alarme devra être entendue. Il court dire aux autorités que le pont va s'écrouler, qu'il faut le faire évacuer dans l'heure.

L'ordre est donné aux habitants de sortir de chez eux. Bien sûr, ils veulent vider leurs maisons de tout ce qu'elles ont de précieux, habits, meubles, titres, leurs outils de travail. Toute la matinée, dans la plus grande hâte et anxiété, les gens vont, viennent, mettent en sûreté sur l'une et l'autre rive ce qu'ils peuvent. Certains osent un tour, deux, puis plus.

D'autres y retournent toujours, ne peuvent se résoudre à abandonner telle chose, telle autre. Ils courent, ils le doivent, une dernière fois.

Certains n'iront pas, ils renoncent d'emblée, restent à l'abri sur la berge, regardent des gens à qui ils tiennent s'engager sur le pont qui grince et se plaint.

Un peu avant midi, un craquement terrible se fait entendre. Les maisons adossées les unes contre les autres s'affaissent comme château de cartes et sous leur poids le pont cède dans un immense fracas.

On n'y voit plus rien.

L'énorme masse de débris suspend le cours naturel de la Seine, une vague s'ensuit. Elle emporte les innocents qui se trouvent sur les rives. Un habitant du pont, éploré, écrira à son curé que de *tous ses biens ne luy est rien demouré*, que tout a été emporté par le fond avec femme et enfants.

Et Marguerite ?

Ce matin-là, comme chaque jour ouvré, Marguerite laisse sa fille au soin de la servante et quitte son logis de la rue Neuve-Notre-Dame pour se rendre à l'atelier À L'Étoile d'or. Le charpentier revient de la prévôté. Au milieu du pont, il la reconnaît, l'arrête, lui raconte la démarche qu'il vient de faire auprès des autorités de la ville. On s'assemble autour d'eux. Certains contestent ses conclusions, haussent les épaules. Marguerite, elle, l'entend sans l'interrompre, le croit, l'abandonne au chœur des incrédules, comme à celui de ceux qui se lamentent, et sans attendre l'appel à évacuer des autorités, court rejoindre l'atelier.

Là, elle organise l'évacuation de sa maison. Dans celle d'à côté, qu'ils louent, le père pleure, ne peut se résoudre à abandonner ses lourdes presses, cherche un moyen qu'il ne trouve point, se lamente, tourne en rond comme une bête blessée, tandis que Marguerite fait un premier voyage sur la rive, munie entre autres de son livre d'heures. Elle le confie à l'un de ses apprentis. « Toi, s'il te plaît, porte-le maintenant chez mon époux, pour ma fille. » Puis elle retourne, avec d'autres gens de sa maison, sauver ce qui peut être sauvé.

Au voyage suivant, alors qu'elle ploie comme les autres sous le poids des peaux, pilons, plaques de porphyre, alors que les pinceaux, plumes, lui coulent des doigts, son époux est là sur la berge, le livre d'heures de Marguerite sous le bras. Il a croisé l'apprenti qui l'apportait chez lui.

« Viens, arrête.

— Encore un tour, rien qu'un tour. »

Au tour suivant, sur la berge, lui apparaît son époux, le livre d'heures toujours sous le bras, et la petite Babot maintenant sur l'autre. En la voyant, Marguerite exhale un sanglot, se retourne vers l'enseigne À L'Étoile d'or, vers la petite encore.

Oh ma fille… Mais mon père, qui est encore là-bas…

Elle va s'élancer quand une voix la retient, celle du parrain, il vient d'arriver,

« Marguerite, non, n'y retourne pas !

— Mais mon père ! Et l'enseigne ! Parrain ! Au moins l'enseigne encore ?

— Non, viens maintenant !

— Oh ! ma fille… oh ! faut-il toujours vivre écartelé… Et mon père, qui ne veut pas se mettre en sûreté. J'y retourne. Un ouvrier est encore avec lui… Nous l'assommerons. Nous l'emmènerons de force. Je reviens ! »

Sa maison est là toute proche, la deuxième en amont. « Je reviens. »

Elle va s'engager. Un grand craquement se fait alors entendre, et c'est tout le pont qui cède avec la fin du siècle, dans un fracas de fin du monde.

On n'y voit plus rien.

Marguerite ?

Elle dort, rue Neuve-Notre-Dame, au-dessus du petit atelier qu'elle a installé dans la boutique de son libraire d'époux. La lumière n'y est pas si bonne qu'à l'enseigne À L'Étoile d'or, loin s'en faut, mais elle est vivante.

Elle rêve, encore ce rêve. Cent fois, depuis ce jour d'octobre de l'année 1499, elle s'est sentie tomber avec sa maison et tout le pont dans la Seine, assoiffée de boue, se mourant de vivre tout comme ce jour où Daoud est parti, comme cet autre où elle a enterré Jacquot. Cent fois elle s'est sentie aspirée vers les profondeurs au milieu des lutrins, machines d'imprimerie, presses, milliers de caractères de plomb en pluie, fioles de pigment, réserves de peau, pierres, poutres, coulant à pic ou flottant, son corps à côté du corps de son père, dérivant lentement, longtemps, vers l'aval, Honfleur, la mer.

Le rêve la réveille.

Tout est bien. La petite est là qui dort à côté d'elle.

Sur le coffre tout près, le livre des heures repose.

Marguerite montera bientôt sous le toit son lutrin, et ceux des ouvriers, apprentis, auxquels elle a lié son sort. Là-haut, elle fait ouvrir des fenêtres.

Elle se rendort, elle rêve qu'elle peint.

Elle dort, la petite Babot lovée contre elle dans ce lit à ciel et à pendants de soie orangée. La broche offerte par l'aïeul est agrafée au tissu, au centre de la tête du lit.

Un vaisseau, on dirait.

DE LA MÊME AUTRICE

Aux Éditions Gaïa

LA RELIEUSE DU GUÉ, 2008 (Babel)

FUGUE, 2010 (Babel)

SANDERLING, 2013

LE PORTEFEUILLE ROUGE, 2015 (Babel)

LE THÉÂTRE DE SLAVEK, 2018 (Libretto)

Aux Éditions Non Lieu

ENTRE SEINE ET VLTAVA, coécrit avec Lenka Hornakova Civade, 2014

Aux Éditions Buchet / Chastel

LE LIVRE DES HEURES, 2022 (Folio nº 7221)

COLLECTION FOLIO

Dernières parutions

6863. Zéno Bianu — *Petit éloge du bleu*
6864. Collectif — *Anthologie de la littérature grecque. De Troie à Byzance*
6865. Italo Calvino — *Monsieur Palomar*
6866. Auguste de Villiers de l'Isle-Adam — *Histoires insolites*
6867. Tahar Ben Jelloun — *L'insomniaque*
6868. Dominique Bona — *Mes vies secrètes*
6869. Arnaud Cathrine — *J'entends des regards que vous croyez muets*
6870. Élisabeth Filhol — *Doggerland*
6871. Lisa Halliday — *Asymétrie*
6872. Bruno Le Maire — *Paul. Une amitié*
6873. Nathalie Léger — *La robe blanche*
6874. Gilles Leroy — *Le diable emporte le fils rebelle*
6875. Jacques Ferrandez / Jean Giono — *Le chant du monde*
6876. Kazuo Ishiguro — *2 nouvelles musicales*
6877. Collectif — *Fioretti. Légendes de saint François d'Assise*
6878. Herta Müller — *La convocation*
6879. Giosuè Calaciura — *Borgo Vecchio*
6880. Marc Dugain — *Intérieur jour*
6881. Marc Dugain — *Transparence*
6882. Elena Ferrante — *Frantumaglia. L'écriture et ma vie*
6883. Lilia Hassaine — *L'œil du paon*
6884. Jon McGregor — *Réservoir 13*
6885. Caroline Lamarche — *Nous sommes à la lisière*
6886. Isabelle Sorente — *Le complexe de la sorcière*
6887. Karine Tuil — *Les choses humaines*

6888. Ovide	*Pénélope à Ulysse* et autres lettres d'amour de grandes héroïnes antiques
6889. Louis Pergaud	*La tragique aventure de Goupil* et autres contes animaliers
6890. Rainer Maria Rilke	*Notes sur la mélodie des choses* et autres textes
6891. George Orwell	*Mil neuf cent quatre-vingt-quatre*
6892. Jacques Casanova	*Histoire de ma vie*
6893. Santiago H. Amigorena	*Le ghetto intérieur*
6894. Dominique Barbéris	*Un dimanche à Ville-d'Avray*
6895. Alessandro Baricco	*The Game*
6896. Joffrine Donnadieu	*Une histoire de France*
6897. Marie Nimier	*Les confidences*
6898. Sylvain Ouillon	*Les jours*
6899. Ludmila Oulitskaïa	*Médée et ses enfants*
6900. Antoine Wauters	*Pense aux pierres sous tes pas*
6901. Franz-Olivier Giesbert	*Le schmock*
6902. Élisée Reclus	*La source* et autres histoires d'un ruisseau
6903. Simone Weil	*Étude pour une déclaration des obligations envers l'être humain* et autres textes
6904. Aurélien Bellanger	*Le continent de la douceur*
6905. Jean-Philippe Blondel	*La grande escapade*
6906. Astrid Éliard	*La dernière fois que j'ai vu Adèle*
6907. Lian Hearn	*Shikanoko, livres I et II*
6908. Lian Hearn	*Shikanoko, livres III et IV*
6909. Roy Jacobsen	*Mer blanche*
6910. Luc Lang	*La tentation*
6911. Jean-Baptiste Naudet	*La blessure*
6912. Erik Orsenna	*Briser en nous la mer gelée*
6913. Sylvain Prudhomme	*Par les routes*
6914. Vincent Raynaud	*Au tournant de la nuit*
6915. Kazuki Sakuraba	*La légende des filles rouges*
6916. Philippe Sollers	*Désir*

6917. Charles Baudelaire — *De l'essence du rire* et autres textes
6918. Marguerite Duras — *Madame Dodin*
6919. Madame de Genlis — *Mademoiselle de Clermont*
6920. Collectif — *La Commune des écrivains. Paris, 1871 : vivre et écrire l'insurrection*
6921. Jonathan Coe — *Le cœur de l'Angleterre*
6922. Yoann Barbereau — *Dans les geôles de Sibérie*
6923. Raphaël Confiant — *Grand café Martinique*
6924. Jérôme Garcin — *Le dernier hiver du Cid*
6925. Arnaud de La Grange — *Le huitième soir*
6926. Javier Marías — *Berta Isla*
6927. Fiona Mozley — *Elmet*
6928. Philip Pullman — *La Belle Sauvage. La trilogie de la Poussière, I*
6929. Jean-Christophe Rufin — *Les trois femmes du Consul. Les énigmes d'Aurel le Consul*
6930. Collectif — *Haikus de printemps et d'été*
6931. Épicure — *Lettre à Ménécée* et autres textes
6932. Marcel Proust — *Le Mystérieux Correspondant* et autres nouvelles retrouvées
6933. Nelly Alard — *La vie que tu t'étais imaginée*
6934. Sophie Chauveau — *La fabrique des pervers*
6935. Cecil Scott Forester — *L'heureux retour*
6936. Cecil Scott Forester — *Un vaisseau de ligne*
6937. Cecil Scott Forester — *Pavillon haut*
6938. Pam Jenoff — *La parade des enfants perdus*
6939. Maylis de Kerangal — *Ni fleurs ni couronnes* suivi de *Sous la cendre*
6940. Michèle Lesbre — *Rendez-vous à Parme*
6941. Akira Mizubayashi — *Âme brisée*
6942. Arto Paasilinna — *Adam & Eve*
6943. Leïla Slimani — *Le pays des autres*
6944. Zadie Smith — *Indices*
6945. Cesare Pavese — *La plage*
6946. Rabindranath Tagore — *À quatre voix*

6947. Jean de La Fontaine — *Les Amours de Psyché et de Cupidon* précédé d'*Adonis* et du *Songe de Vaux*
6948. Bartabas — *D'un cheval l'autre*
6949. Tonino Benacquista — *Toutes les histoires d'amour ont été racontées, sauf une*
6950. François Cavanna — *Crève, Ducon !*
6951. René Frégni — *Dernier arrêt avant l'automne*
6952. Violaine Huisman — *Rose désert*
6953. Alexandre Labruffe — *Chroniques d'une station-service*
6954. Franck Maubert — *Avec Bacon*
6955. Claire Messud — *Avant le bouleversement du monde*
6956. Olivier Rolin — *Extérieur monde*
6957. Karina Sainz Borgo — *La fille de l'Espagnole*
6958. Julie Wolkenstein — *Et toujours en été*
6959. James Fenimore Cooper — *Le Corsaire Rouge*
6960. Jean-Baptiste Andrea — *Cent millions d'années et un jour*
6961. Nino Haratischwili — *La huitième vie*
6962. Fabrice Humbert — *Le monde n'existe pas*
6963. Karl Ove Knausgaard — *Fin de combat. Mon combat - Livre VI*
6964. Rebecca Lighieri — *Il est des hommes qui se perdront toujours*
6965. Ian McEwan — *Une machine comme moi*
6966. Alexandre Postel — *Un automne de Flaubert*
6967. Anne Serre — *Au cœur d'un été tout en or*
6968. Sylvain Tesson — *La panthère des neiges*
6969. Maurice Leblanc — *Arsène Lupin, gentleman-cambrioleur*
6970. Nathacha Appanah — *Le ciel par-dessus le toit*
6971. Pierre Assouline — *Tu seras un homme, mon fils*
6972. Maylis Besserie — *Le tiers temps*
6973. Marie Darrieussecq — *La mer à l'envers*
6974. Marie Gauthier — *Court vêtue*
6975. Iegor Gran — *Les services compétents*
6976. Patrick Modiano — *Encre sympathique*

6977. Christophe Ono-dit-Biot et Adel Abdessemed — *Nuit espagnole*
6978. Regina Porter — *Ce que l'on sème*
6979. Yasmina Reza — *Anne-Marie la beauté*
6980. Anne Sinclair — *La rafle des notables*
6981. Maurice Leblanc — *Arsène Lupin contre Herlock Sholmès*
6982. George Orwell — *La Ferme des animaux*
6983. Jean-Pierre Siméon — *Petit éloge de la poésie*
6984. Amos Oz — *Ne dis pas la nuit*
6985. Belinda Cannone — *Petit éloge de l'embrassement*
6986. Christian Bobin — *Pierre,*
6987. Claire Castillon — *Marche blanche*
6988. Christelle Dabos — *La Passe-miroir, Livre IV. La tempête des échos*
6989. Hans Fallada — *Le cauchemar*
6990. Pauline Guéna — *18.3. Une année à la PJ*
6991. Anna Hope — *Nos espérances*
6992. Elizabeth Jane Howard — *Étés anglais. La saga des Cazalet I*
6993. J.M.G. Le Clézio — *Alma*
6994. Irène Némirovsky — *L'ennemie*
6995. Marc Pautrel — *L'éternel printemps*
6996. Lucie Rico — *Le chant du poulet sous vide*
6997. Abdourahman A. Waberi — *Pourquoi tu danses quand tu marches ?*
6998. Sei Shônagon — *Choses qui rendent heureux* et autres notes de chevet
6999. Paul Valéry — *L'homme et la coquille* et autres textes
7000. Tracy Chevalier — *La brodeuse de Winchester*
7001. Collectif — *Contes du Chat noir*
7002. Edmond et Jules de Goncourt — *Journal*
7003. Collectif — *À nous la Terre !*
7004. Dave Eggers — *Le moine de Moka*
7005. Alain Finkielkraut — *À la première personne*
7007. C. E. Morgan — *Tous les vivants*

7008.	Jean d'Ormesson	*Un hosanna sans fin*
7009.	Amos Oz	*Connaître une femme*
7010.	Olivia Rosenthal	*Éloge des bâtards*
7011.	Collectif	*Écrire Marseille.* 15 grands auteurs célèbrent la cité phocéenne
7012.	Fédor Dostoïevski	*Les Nuits blanches*
7013.	Marguerite Abouet et Clément Oubrerie	*Aya de Yopougon 5*
7014.	Marguerite Abouet et Clément Oubrerie	*Aya de Yopougon 6*
7015.	Élisa Shua Dusapin	*Vladivostok Circus*
7016.	David Foenkinos	*La famille Martin*
7017.	Pierre Jourde	*Pays perdu*
7018.	Patrick Lapeyre	*Paula ou personne*
7019.	Albane Linÿer	*J'ai des idées pour détruire ton ego*
7020.	Marie Nimier	*Le Palais des Orties*
7021.	Daniel Pennac	*La loi du rêveur*
7022.	Philip Pullman	*La Communauté des esprits. La trilogie de la Poussière II*
7023.	Robert Seethaler	*Le Champ*
7024.	Jón Kalman Stefánsson	*Lumière d'été, puis vient la nuit*
7025.	Gabrielle Filteau-Chiba	*Encabanée*
7026.	George Orwell	*Pourquoi j'écris* et autres textes politiques
7027.	Ivan Tourguéniev	*Le Journal d'un homme de trop*
7028.	Henry Céard	*Une belle journée*
7029.	Mohammed Aïssaoui	*Les funambules*
7030.	Julian Barnes	*L'homme en rouge*
7031.	Gaëlle Bélem	*Un monstre est là, derrière la porte*
7032.	Olivier Chantraine	*De beaux restes*
7033.	Elena Ferrante	*La vie mensongère des adultes*
7034.	Marie-Hélène Lafon	*Histoire du fils*
7035.	Marie-Hélène Lafon	*Mo*

7036.	Carole Martinez	*Les roses fauves*
7037.	Laurine Roux	*Le Sanctuaire*
7038.	Dai Sijie	*Les caves du Potala*
7039.	Adèle Van Reeth	*La vie ordinaire*
7040.	Antoine Wauters	*Nos mères*
7041.	Alain	*Connais-toi* et autres fragments
7042.	Françoise de Graffigny	*Lettres d'une Péruvienne*
7043.	Antoine de Saint-Exupéry	*Lettres à l'inconnue* suivi de *Choix de lettres dessinées*
7044.	Pauline Baer de Perignon	*La collection disparue*
7045.	Collectif	*Le Cantique des cantiques. L'Ecclésiaste*
7046.	Jessie Burton	*Les secrets de ma mère*
7047.	Stéphanie Coste	*Le passeur*
7048.	Carole Fives	*Térébenthine*
7049.	Luc-Michel Fouassier	*Les pantoufles*
7050.	Franz-Olivier Giesbert	*Dernier été*
7051.	Julia Kerninon	*Liv Maria*
7052.	Bruno Le Maire	*L'ange et la bête. Mémoires provisoires*
7053.	Philippe Sollers	*Légende*
7054.	Mamen Sánchez	*La gitane aux yeux bleus*
7055.	Jean-Marie Rouart	*La construction d'un coupable.* À paraître
7056.	Laurence Sterne	*Voyage sentimental en France et en Italie*
7057.	Nicolas de Condorcet	*Conseils à sa fille* et autres textes
7058.	Jack Kerouac	*La grande traversée de l'Ouest en bus* et autres textes beat
7059.	Albert Camus	*« Cher Monsieur Germain,... »* Lettres et extraits
7060.	Philippe Sollers	*Agent secret*
7061.	Jacky Durand	*Marguerite*
7062.	Gianfranco Calligarich	*Le dernier été en ville*

7063. Iliana Holguín Teodorescu — *Aller avec la chance*
7064. Tommaso Melilli — *L'écume des pâtes*
7065. John Muir — *Un été dans la Sierra*
7066. Patrice Jean — *La poursuite de l'idéal*
7067. Laura Kasischke — *Un oiseau blanc dans le blizzard*
7068. Scholastique Mukasonga — *Kibogo est monté au ciel*
7069. Éric Reinhardt — *Comédies françaises*
7070. Jean Rolin — *Le pont de Bezons*
7071. Jean-Christophe Rufin — *Le flambeur de la Caspienne. Les énigmes d'Aurel le Consul*
7072. Agathe Saint-Maur — *De sel et de fumée*
7073. Leïla Slimani — *Le parfum des fleurs la nuit*
7074. Bénédicte Belpois — *Saint Jacques*
7075. Jean-Philippe Blondel — *Un si petit monde*
7076. Caterina Bonvicini — *Les femmes de*
7077. Olivier Bourdeaut — *Florida*
7078. Anna Burns — *Milkman*
7079. Fabrice Caro — *Broadway*
7080. Cecil Scott Forester — *Le seigneur de la mer. Capitaine Hornblower*
7081. Cecil Scott Forester — *Lord Hornblower. Capitaine Hornblower*
7082. Camille Laurens — *Fille*
7083. Étienne de Montety — *La grande épreuve*
7084. Thomas Snégaroff — *Putzi. Le pianiste d'Hitler*
7085. Gilbert Sinoué — *L'île du Couchant*
7086. Federico García Lorca — *Aube d'été* et autres impressions et paysages
7087. Franz Kafka — *Blumfeld, un célibataire plus très jeune* et autres textes
7088. Georges Navel — *En faisant les foins* et autres travaux
7089. Robert Louis Stevenson — *Voyage avec un âne dans les Cévennes*

7090. H. G. Wells — *L'Homme invisible*
7091. Simone de Beauvoir — *La longue marche*
7092. Tahar Ben Jelloun — *Le miel et l'amertume*
7093. Shane Haddad — *Toni tout court*
7094. Jean Hatzfeld — *Là où tout se tait*
7095. Nathalie Kuperman — *On était des poissons*
7096. Hervé Le Tellier — *L'anomalie*
7097. Pascal Quignard — *L'homme aux trois lettres*
7098. Marie Sizun — *La maison de Bretagne*
7099. Bruno de Stabenrath — *L'ami impossible. Une jeunesse avec Xavier Dupont de Ligonnès*
7100. Pajtim Statovci — *La traversée*
7101. Graham Swift — *Le grand jeu*
7102. Charles Dickens — *L'Ami commun*
7103. Pierric Bailly — *Le roman de Jim*
7104. François Bégaudeau — *Un enlèvement*
7105. Rachel Cusk — *Contour. Contour – Transit – Kudos*
7106. Éric Fottorino — *Marina A*
7107. Roy Jacobsen — *Les yeux du Rigel*
7108. Maria Pourchet — *Avancer*
7109. Sylvain Prudhomme — *Les orages*
7110. Ruta Sepetys — *Hôtel Castellana*
7111. Delphine de Vigan — *Les enfants sont rois*
7112. Ocean Vuong — *Un bref instant de splendeur*
7113. Huysmans — *À Rebours*
7114. Abigail Assor — *Aussi riche que le roi*
7115. Aurélien Bellanger — *Téléréalité*
7116. Emmanuel Carrère — *Yoga*
7117. Thierry Laget — *Proust, prix Goncourt. Une émeute littéraire*
7118. Marie NDiaye — *La vengeance m'appartient*
7119. Pierre Nora — *Jeunesse*
7120. Julie Otsuka — *Certaines n'avaient jamais vu la mer*
7121. Yasmina Reza — *Serge*

Tous les papiers utilisés pour les ouvrages des collections Folio sont certifiés et proviennent de forêts gérées durablement.

Composition IGS-CP à L'Isle-d'Espagnac (16)
Impression Novoprint
à Barcelone, le 14 février 2023
Dépôt légal : février 2023

ISBN 978-2-07-298468-6 / Imprimé en Espagne

441147